KB078452

레전드급 낙오자 3

홍성은 장편소설

초판 1쇄 찍은 날 § 2020년 3월 06일
초판 1쇄 펴낸 날 § 2020년 3월 13일

지은이 § 홍성은
펴낸이 § 서경석

총괄팀장 § 노종아
편집책임 § 강서희
디자인 § 소소연

펴낸곳 § 도서출판 청어람
등록번호 § 제387-1999-000006호
등록일자 § 1999. 5. 31
어람번호 § 제1-3095호

주소 § 경기도 부천시 부일로 483번길 40 서경B/D 3F (우) 14640
전화 § 032-656-4452 팩스 § 032-656-4453
http://www.chungeoram.com
E-mail § chungeorambook@daum.net

ⓒ 홍성은, 2020

ISBN 979-11-04-92166-7 04810
ISBN 979-11-04-92131-5 (세트)

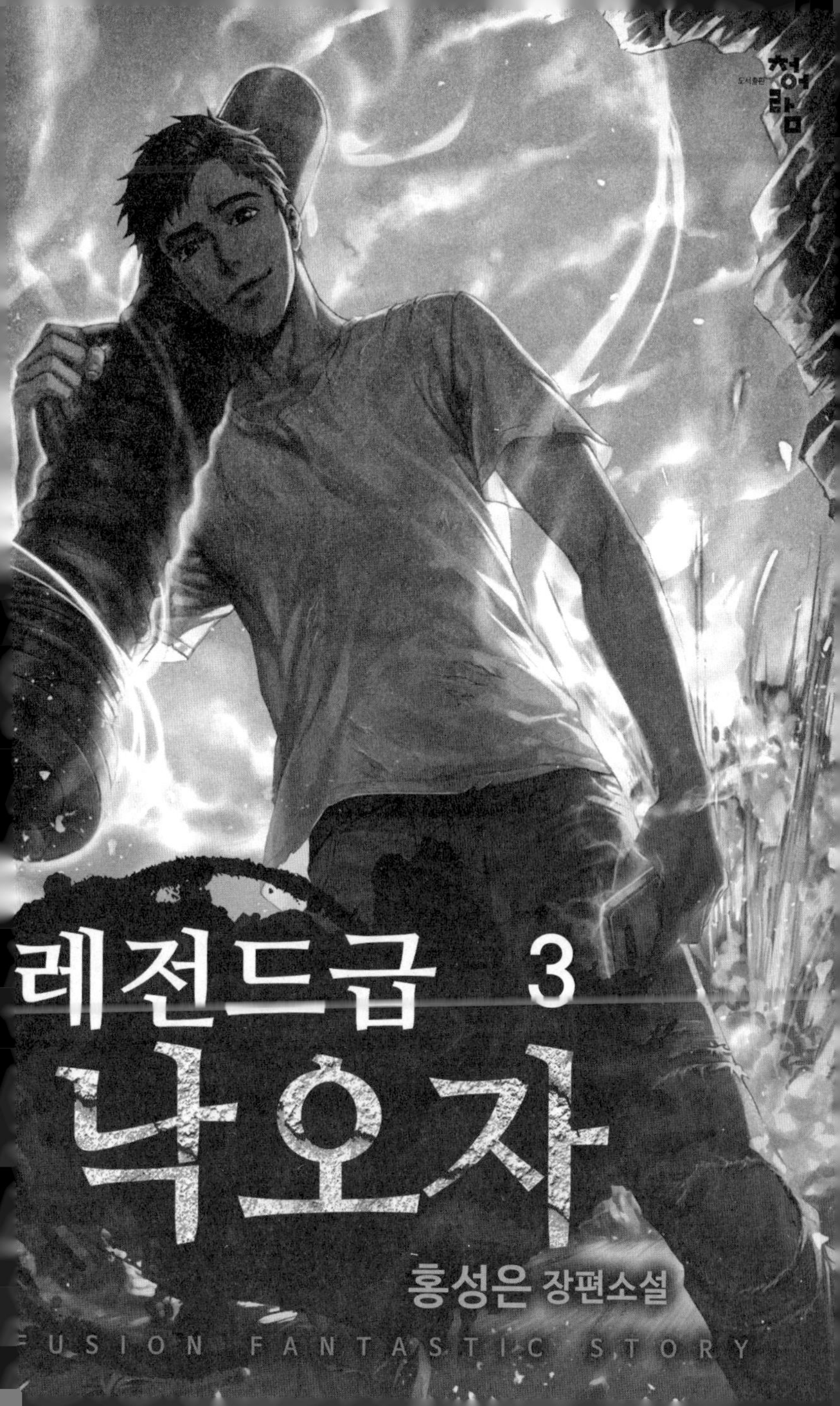
도서출판 청어람
레전드급 3
낙오자
홍성은 장편소설
FUSION FANTASTIC STORY

레전드급
낙오자

목차

Chapter 1

몬스터러우스 어보미네이션은 시간이라도 멈춘 듯, 그 자리에 딱딱하게 굳어버렸다. 그리고 시스템은 내 망막에 이런 메시지를 흘려주었다.

―명령하십시오.
―[미약한 신성]으로 현재 명령 가능한 글자 수: 1글자
―+6 강화치로 인해 명령 가능한 글자 수가 2글자 늘어납니다.
―명령 가능한 글자 수: 3글자

"……."

기아스 스킬이 이런 식인 줄은 몰랐다.

고작 세 글자로 무슨 명령을 하라는 거야?

그나마 6강이라도 해놔서 다행이다. 만약 강화를 안 했으면 1글자로 뭘 할 수 있었을까? 뭔가 방법이 있을 수도 있겠지만 당장 떠오르진 않는다. 떠올릴 필요도 없고.

"끄허억!"

그 순간, 진리불사의 지속 시간이 끝나 버렸다. 동시에 내 생명력도 1로 떨어져 버렸다.

그냥 생명력이 1인 상태, 라고만 하면 어쨌든 살아 있긴 하니 괜찮을 것 같지만 실은 전혀 그렇지 않다. 말 그대로 빈사 상태, 죽음을 눈앞에 둔 상태다. 전신의 신경 털끝까지 전부 고통에 비명을 지르고, 죽음의 공포와 위기감이 스멀스멀 정신을 잠식한다.

이대로 명령을 못 외치고 [기아스]의 정지 시간이 끝나 버리면 분명 난 죽는다. 저 몬스터러우스 어보미네이션의 거대한 입이 날 삼켜 버릴지도 모르지.

그러니 지금 당장 생각난 이 세 글자 외에, 내게 다른 선택이란 있을 수 없었다.

"[죽어라]!"

내가 선택한 명령은 바로 이것이었다. 그 순간, [기아스]의 정지 효과가 풀렸다. 스킬의 힘이 명령으로 치환되어 몬스터러우스 어보미네이션에게 작용한 결과였다.

그리고 몬스터러우스 어보미네이션의 세계수 줄기 같은 두 껍고 거대한 넷의 팔과 넷의 다리가 동시에 움직였다. 잘 갈린 낫처럼 서슬 퍼런 거대 괴물의 여덟 지체가 힘껏 휘둘러져, 괴물 자신의 몸통을 토막 냈다.

그것은 끔찍한 광경이었다. 몬스터러우스 어보미네이션의 재생 능력은 어마어마하게 뛰어나서, 잘려 나가 토막 난 곳이 다시 붙고 그곳을 재차 잘라내고 하는 것을 반복했으니까.

"어, 어! 그렇군. 자해하는 건가……."

기아스 스킬은 어디까지나 명령하는 스킬. [힘의 말: 죽어라!]처럼 직접적으로 적을 죽여 버리는 스킬은 아니었다.

젠장, 너무 긴장을 해서 지능이 떨어진 것 같군.

그 누구보다 몬스터러우스 어보미네이션 자신에게 다행스럽게도, 그 재생 능력은 무한하지 않았다. 이윽고 재생이 느려지기 시작했고, 괴물이 스스로를 토막 내는 속도 또한 느려졌다. 그것은 죽음으로 향하는 관문이었다. 그 관문을 통과해 버린 괴물은 더 이상 움직이지 않게 되었다.

―레벨 업!
―레벨 업!

두 번의 깔끔한 레벨 업 메시지와 함께, 1에 불과했던 내 생명력이 다시 최대로 차올랐다.

"해, …해치웠나?"

아직 방심할 단계는 아니다. 새티스루카를 처음 죽였을 때도 레벨 업은 이뤄졌었으니까. 그러나 새티스루카는 그 상태에서 다시 [레저렉션]으로 부활했었다.

그렇다 보니 레벨 업으로 인해 만전의 상태가 된 내 목덜미는 순식간에 다시 긴장으로 인해 딱딱하게 굳어버리고 말았다.

―이진혁 님께서 아샨타 님을 살해하셨습니다.

―플레이어 킬!

―카르마 연산 중······.

―아샨타 님의 네거티브 카르마가 매우 높은 관계로, 페널티는 부여되지 않습니다.

―이진혁 님께 포지티브 카르마가 부여됩니다: 2,553점.

그래서 잠시 후 카르마 연산 메시지가 뜬 뒤에나 나는 안도의 한숨을 내쉬며 그 자리에 주저앉을 수 있었다.

"어휴."

안도의 한숨은 곧 다른 의미의 한숨으로 변했다.

"지가 무슨 정의의 편이라고 이성을 잃어······. 아이고, 아이고."

한심하기 짝이 없는 일이다. 아샨타의 말을 듣고 이성을 잃을 정도로 분노한 나는 평소에는 절대 선택하지 않을 무모한 짓을 하고 말았다. 정정당당하게 녀석의 항복을 거부하고 패 죽이겠다니. 그랬던 결과를 보라. 죽을 뻔했다.

"섣불리 나대지 말자는 그 굳은 결의는 어디에 갔단 말인가!"

나는 통탄했다.

그래도 정말 다행이었다. 몬스터러우스 어보미네이션으로 변신한 상태의 아샨타가 인간 형태일 때처럼 완전 재생 능력을 발휘했더라면 죽은 건 내 쪽이었다.

게다가 결과만 보자면 내 욕심이 완전히 무의미한 것만은 아니었다.

[자폭(Suicide Bombing)]
—등급: 매우 희귀(Super Rare)
—숙련도: 연습 랭크
—효과: 자폭한다. 사용하면 죽는다.

두 번째 자폭을 [흡수/방출]로 받아낼 때 얻어낸 스킬이다

따로 부활 수단이 없는 내가 사용할 일은 없어 보이는 스킬이지만 스킬 융합 재료로는 쓸모가 생길지도 모르겠다.

지금으로선 합성 메시지조차 뜨지 않으니 그냥 처박아두기만 해야겠지만. 설마 자폭계 스킬로만 융합이 되는 건 아니겠

지? 아니었으면 좋겠다.

[마안: 파괴 광선]
—등급: 고유(Unique)
—플레이어 아샨타의 고유 스킬
—숙련도: 연습 랭크
—효과: 눈에서 빔.

이미 마안 계열 스킬을 [기아스]로 승화시킨 터라 뒤늦게 얻은 게 좀 아깝긴 하지만, 고유급 스킬을 손에 넣은 건 매우 고무적이다.

게다가 마력을 99+까지 끌어올린 상태라 강력한 마법 스킬이 필요했던 터였는데, [진리의 극]의 마력 운용보다 파괴적이고 즉시 사용할 수 있을 만한 딱 좋은 스킬이 들어왔다.

아니, 이렇게 좋아할 일이 아니다.

원래 계획은 기아스의 힘으로 인퀴지터를 굴복시키고 복종시켜서 내 부하로 만들고 천천히 스킬을 뽑아 먹는 것이었다.

그런데 [기아스]가 고작 3글자짜리일 줄은 몰랐지.

이런 기아스로 '굴하라!', '따르라!' 따위의 명령을 내리는 모험을 걸 순 없는 노릇이다. 주어가 없다고 따를 대상을 멋대로 설정하고 나한테는 적대할 수도 있겠다, 란 생각이 먼저 딱 드니까.

물론 내가 이상한 데서 화가 나는 바람에 상황이 걷잡을 수 없이 돌아간 탓도 크지만, 아무튼 그렇다.

신성을 더 쌓아서 명확하게 명령을 내릴 수 있게 될 때까지는, 아무래도 기아스는 그냥 즉사 스킬 비슷하게 운용하는 게 제일 안전할 것 같았다.

"결국 신성을 더 쌓는 게 당면 과제가 되는군."

지금까지 인류 종족을 찾아 우호도를 500 이상 쌓고 뭔가 임팩트 있는 업적을 쌓으면 우호도가 신앙으로 바뀌는 걸 몇 번쯤 경험했다. 아마 같은 짓을 하면 되겠지. 힌트가 없는 것도 아니니, 완전 암중모색은 아닌 셈이다.

어쨌든 이번 전투로 신성을 10이나 소모해 버렸다. 뇌신의 징벌과 기아스가 각각 5씩의 신성을 소모했으니 남은 신성은 불과 6, 게다가 두 스킬 모두 쿨이다.

"신화급 스킬만 많이 쌓아놓는다고 좋은 건 아니네."

선택지야 늘어나겠지만 신성이라는 자원이 한정된 이상 너무 많은 스킬을 투자해 승화시키는 건 피하는 게 좋겠다. 뭐, 승화시킨다고 반드시 신화급 스킬이 나온다는 법도 없지만.

그렇다곤 해도, 이번 승리는 완전 스킬발로 얻은 거나 다름없었다. 최근에 얻은 신화 스킬 두 개가 없었더라면 죽어나간 건 틀림없이 내 쪽이었다.

"뭐, 그래도 이긴 건 이긴 거지."

자학하는 건 여기까지다. 땅 파고 들어앉는다고 누가 알아주는 것도 아니고. 이번에 얻은 교훈을 다음에 살릴 생각만 하면 된다.

"그래도 묘한 뿌듯함이 느껴지긴 하네."

처음 인퀴지터를 만났을 때는 벌레라 불렀고, 방심을 틈타 우여곡절 끝에 승리를 거둘 수 있었다. 두 번째 조우했을 때도 거의 죽을 뻔했다.

그런데 이번엔 인퀴지터가 내게 항복을 해오기까지 했으니. 게다가 기습을 하긴 했지만 둘을 상대해 승리한 거나 마찬가지라, 객관적으로 봐도 꽤 대단한 전과가 아닐까 싶다.

물론 이번에도 거의 죽을 뻔하긴 했지만 말이다.

"뭐 그건 그렇고."

다시 부정적인 방향으로 향하려는 생각을 억지로 돌려, 나는 다시 전과 확인에 들어갔다.

아샨타 놈을 처치해서 얻은 포지티브 카르마가 2,553점. 그렇다면 이놈도 플레이어만 적어도 2만 5천 명 넘게 죽였단 소리다.

"아샨타 녀석, 생각했던 것보다 거물이었군⋯⋯."

지금 죽인 아샨타가 아니라 [뇌신의 징벌]로 죽인 베르지에르란 놈도 만만찮은 거물이었다. 그놈을 죽이면서도 2천가량의 포지티브 카르마를 얻었으니까.

포지티브 카르마를 정산받으면서 그놈이 나쁜 놈이었다는 걸 알고 얼마나 마음이 놓였는지 모른다. 직감을 믿는다고는 했지만, 결과를 알고 안심하는 건 별개의 영역이었다.

"이제 카르마 마켓이라는 것도 열 수 있게 될 테니, 이 포지티브 카르마도 어떤 식으로든 쓸모가 생기겠지."

뭐, 그거야 나중에 생각하자.

그보다는 전투 결과 보고가 우선이었다. 크리스티나가 인류연맹으로부터 보상을 받아 오는 데는 시간이 많이 걸리니까.

나는 레벨 업 마스터를 꺼냈다.

"크리스티나, 인퀴지터 둘을 죽였다."

—허억!

크리스티나의 놀라는 모습이 귀엽다. 이 표정을 보기 위해 인퀴지터를 사냥하고 다닌다는 건……. 과언이지. 당연히 그런 건 아니지만, 어쨌든 이 표정이 어느새 보상 중 하나가 된 것 같은 느낌이 없지는 않다.

—저, 정말이네요!

내 전투 로그를 확인한 건지, 크리스티나가 아까보다 더 놀라 외쳤다.

"다녀와."

—네!

이제는 익숙해진 절차다. 크리스티나의 목소리와 반응을 보아하니, 아무래도 그녀 쪽은 아직 익숙해지지 않은 모양이지만.

＊　　　＊　　　＊

크리스티나에게 보고를 마친 후, 나는 하늘을 날아 내가 있던 지역으로부터 이탈했다.

인퀴지터를 둘이나 죽였다. 교단에서 어떤 반응이 돌아올지는 모르겠지만, 만약 병력 투입이 결정된다면 최소한 인퀴지터 둘보다는 강력한 전력을 투입할 게 뻔했다. 그에 비해 난 소모할 걸 소모한 상태고. 지금 당장은 인퀴지터 하나도 맞상대하기 버겁다.

그러니 일단 이 자리를 벗어나는 것이 옳았다.

눈에 띄게 하늘을 날아다니는 것도 원래대로라면 금기 사항이지만, 이미 두 번에 걸친 경험으로 인해 교단의 반응이 그렇게 빠르지는 않을 걸 예상할 수 있었다. 그렇다면 차라리 하늘을 날아 빠르게 멀리 도망치는 게 오히려 더 생존 확률이 높을 것이다.

사실은 이런 생각이야 나중에 덧붙인 거고 일단은 직감대로 움직인 거지만. 다행히 내 직감과 추리는 맞아떨어져 나는 습격이나 추격당하는 일 없이 침엽수림을 벗어날 수 있었다.

"그런데……, 여기는 또 어디지?"

처음에는 내가 바다에 온 줄 알았다. 분명 내가 [뇌신의 징벌]을 첫 시험 사격해 본 해변에서 반대쪽으로 날아왔음에도 말이다.

그러나 곧 그게 아님을 깨달았다.

"호수가 아주 크군."

내가 바다라고 생각했던 곳은 커다란 호수였다. 고도를 높여 조금 더 날아보니 그랬다. 게다가 호수가 한둘이 아니었다. 규모는 조금 더 작았지만 여러 호수들이 있었고, 섬과 육지가 혼재되어 있었다.

나는 그중에 몸을 숨길 수 있을 만한 작은 섬을 찾아 착지했다.

"일단은 여기에 좀 머물까?"

단순히 휴식만을 취하려는 생각은 아니다. 이번 전투로 얻은 것들을 정리하고 결산을 할 생각이다. 그리고 그걸 다 끝내고 나면 진리대주천도 돌려야지.

진리활화가 재사용 대기 중인 상태라 지금의 난 꽤나 취약한 상태다. 능력치를 끌어올릴 수도 없고, 진리불사로 죽음의 위기를 넘기지도 못하니.

하지만 진리대주천을 돌리면 진리활화의 재사용 대기 시간을 단축할 수 있다. 물론 진리대주천의 본래 기능도 무시할 수 없고.

이미 마력이 한계에 다다라 99+로 표기되긴 하지만 아직 [한계돌파]가 작동하지 않았으니 더 올릴 수도 있을지도 모른다.

물론 진리대주천으로 마나와 체력도 회복할 수 있지만, 그건 큰 문제가 아니었다.

왜냐하면 나는 아샨타를 죽이고 받은 전투 경험치로 레벨업을 해서 회복을 끝마쳤으니까.

"아, 맞다. 나 레벨 업 했지?"

나는 뒤늦게 기뻐하며 상태창을 열었다.

이름: 이진혁
직업: 반격가
레벨: 20(Max)

"드디어 찍었다, 만렙!"

간략화된 상태창을 확인한 나는 환희를 이기지 못하고 소리 질렀다.

*　　　*　　　*

튜토리얼 세계에 갇혀 있을 때는 꿈에서나 그렸던 목표인 1차 직업 만렙을 드디어 달성했다. 인퀴지터를 두 명이나 잡는 바람에 대량의 경험치를 한꺼번에 얻어 말로만 듣던 '폭렙'을 드디어 경험해 본 것이다.

첫 인퀴지터인 새티스루카를 잡을 때는 몰랐는데, 아무래도 다른 플레이어를 잡아서 얻는 경험치에는 상한이 있는 모양이었다. 딱 2레벨을 올릴 경험치가 그 상한인 것 같고.

왜 이런 생각을 지금에야 떠올렸냐면, 방금 전에 인퀴지터 둘을 잡을 때도 두 레벨씩 딱딱 올라갔기 때문이다. 레벨 업에 필요한 경험치량은 당시와는 천지 차이임에도 불구하고.

아마 여기서 경험치를 더 쌓으면 내 고유 특성인 한계돌파가 작동하며 추가로 레벨을 더 올릴 수 있을 것 같으니 내 기준으로 보자면 사실 만렙인 것도 아니지만, 세간에서 일반적으로 일컫는 만렙에 도달했다는 사실 자체는 변함이 없었다.

그리고 반격가 20레벨을 찍음으로써 새로운 스킬도 얻었다.

[후의 선]
─등급: 매우 희귀(Super Rare)
─숙련도: 연습 랭크
─효과: 공격당하기 전에 반격한다.

이거 참……. 기묘한 스킬이다. 공격당하기 전에 반격하면 그거 그냥 공격 아닌가? 세부 효과를 열어봐도 별다른 내용이 없다. 그냥 수련치 내용만 있을 뿐.

─공격당하기 전에 반격해 보기 (0/3)

"거참……"

뭐, 사용해 보면 금방 알게 될 일이다. 주리 리를 통해서 반격가 그림자 용병을 불러와서 맞아봐도 되고.

"어쨌든 주리 리하고는 이야기를 좀 해봐야겠군."

아무래도 진리대주천을 돌리기 전에 해둬야겠다. 또 아무 말 않고 한 달간이나 레벨 업 마스터를 꺼냈다간 난리가 날 테니.

물론 단순히 내가 자리 비움 상태가 될 거란 걸 알리기 위해서만 주리 리를 불러내려는 건 아니다. 이대로 반격가를 한 계 돌파시키는 게 나은지, 전에 말한 반격가 상위직으로 올라가는 게 나은지. 결정을 내리려면 반격가 상위직에 대해 알아보기는 해야 되니, 어느 쪽이건 주리 리와의 상담은 필수적이라 할 수 있었다.

나는 곧장 레벨 업 마스터를 꺼내 주리 리를 불렀다.

─부르셨습니까, 지휘관님.

"그래, 주리 리."

나는 싱긋 웃었다. 그러자 주리 리가 내 시선을 슬쩍 피했다.

표정을 보아하니 아무래도 지난번에 있었던 일 때문에 쑥스러운 모양이었다. 뭐, 별일이 있었던 건 아니고 내가 살아있다는 걸 확인하고 안도한 모습을 보인 것뿐이지만. 그것만으로도 주리 리로선 꽤 부끄러웠던 모양이다.

그럼에도 불구하고 주리 리가 내 시선을 피하고 있었던 시간은 그리 길 수는 없었다.

"나 반격가 20레벨 달성했어."

―!

주리 리가 두 눈을 동그랗게 뜨는 광경은 묘하게 익숙하면서도 귀여웠다.

―…지난번에 15레벨 아니셨습니까?

"응. 하지만 그럴 만한 일이 있었어."

―설마……. 아니, 아무것도 아닙니다. 20레벨 달성 축하드립니다.

동요한 기색을 뒤늦게 숨기고 냉정한 목소리를 연출해 보이지만, 그게 더 귀여웠다. 나는 쿡쿡 소릴 내서 웃고 싶은 걸 억지로 삼키고 이야기를 본론으로 되돌렸다.

"그래서 말인데, 반격가 상위직에 대해서 조금 알려줬으면 좋겠어."

―알겠습니다.

주리 리가 고개를 꾸벅 숙이고, 레벨 업 마스터의 화면에 리스트가 주르륵 뜨기 시작했다. 나는 레벨 업 마스터의 화면을 터치해 소개 영상을 보기 시작했다.

전직 가능 직업: [무적재]
―이미 후의 선을 얻고 깨달음을 얻은 반격가는 더 이상 반격이

라는 틀에 구애받지 않게 됩니다. 무적자는 반격가로서의 기예를 극한으로 갈고닦은 자들이 걷게 되는 길입니다. 반격가의 상위 클래스인 무적자는 적의 공격을 완전히 간파하여 무력화시키고 일방적인 공격을 퍼붓는 것이 가능한 자들입니다. 물론 적이 공격하지 않더라도 무적자의 공격성이 훼손되는 일은 없습니다.

　—필요 직업 레벨: 반격가 20레벨

　오오, 멋있다. 영상만 봐도 멋있다.

　적의 마법탄 공격을 피하지도 않고 그대로 맞서는데, 마법탄은 무적자의 몸을 그냥 투과해 지나가 버리고 무적자는 그대로 카운터펀치를 날린다. 창을 든 적을 상대로도 마찬가지. 그냥 적의 공격을 무시하고 뛰어들어서 주먹으로 때려눕힌다.

　아마 다 스킬이겠지. 적의 공격을 무시하는, 그러니까 [섬전신속]의 부가 특성인 [블링크]와 같은 속성이 달린 스킬일 터였다.

　…어, 그러고 보니 내겐 이미 섬전 신속이 있잖아?

　섬전 신속을 염두에 두고 다시 한번 무적자의 샘플 영상을 재생해 보니, 무적자 스킬이 딱히 섬전 신속보다 나아 보이지는 않는다. 상위 직업의 주력 스킬보다도 성능이 좋은 유니크 스킬이라니. 내가 되게 좋은 스킬을 얻었었구나.

　어쨌든 그 사실을 깨닫고 나니, 내가 느끼는 무적자라는 직업에 대한 매력도 줄어들었다. 일단 무적자는 패스해 두자.

"다음."

나는 차례차례 다음 상위 직업의 리스트를 확인해 나갔다.

그러나 무엇 하나 마음에 딱 와닿는 게 없었다. 주리 리가 일전에 이미 한번 언급한 반격가의 마법 계열 상위직은 진리 대마공보다 할 수 있는 일이 적었고, 다른 직업이라고 크게 다르지는 않았다.

이래서야 차라리 내게 부족한 마법 공격 능력을 부가시키고 99+에 다다른 마력을 마음껏 휘두를 수 있는 마법포병의 길을 걷는 게 더 낫지 않을까? 그런 생각마저 든 순간이었다.

갑자기 어떤 의문이 내 뇌리를 스치고 지나갔다.

그렇다면 왜 내 직감은 반격가를 선택한 걸까? 처음부터 야전 마법포병을 선택했으면 됐을걸.

"…답은 하나밖에 없지."

능력치 90을 넘긴 후 지금까지 한 번도 틀린 적 없는 직감의 선택이 잘못됐다고 생각하기엔 표본이 너무 부족하다. 십중팔구는 이번에도 직감의 선택을 따르는 것이 옳으리라. 그게 통계적으로 맞다.

반격가를 한계돌파시킨다.

한계돌파는 나의 고유 특성. 다시 말해 이 길은 나만이 걸을 수 있는 길이다. 그리고 무엇보다 직감이 반응했다. 지금 내가 내린 결정이 옳다고 말이다.

나는 상위 직업 리스트를 치웠다.

—결정하셨나요?

"그래."

나는 고개를 끄덕였다.

*   *   *

주리 리에게는 내게 한계돌파라는 고유 특성이 존재한다는 사실을 알리지 않았으므로, 그녀는 나의 선택을 매우 의아해 했다.

하지만 경험치를 충분히 쌓아서 전직하게 되면 그 경험치도 상위직으로 전승된다는 중요한 사실을 내게 알려주며, 천천히 결정하라는 조언을 해줬다.

그럼 어차피 당장 결정할 필요는 없었군. 뭐, 이미 결정을 내리긴 했지만 말이다.

"그럼 그림자 용병 소환을 부탁해도 될까?"

—필요 기여도는 시간당 20입니다.

필요 기여도를 보고 미루어 짐작할 수 있겠지만, 나는 20레벨 반격가 소환을 요청했다. 그러나 등록된 그림자 용병 중 조건을 충족하는 용병이 없어서 이제는 존재하지 않는 과거의 그림자를 소환했다고 한다.

하긴 만렙 찍으면 바로 상위직으로 전직하는 게 보통이겠지. 누가 20레벨인 상태로 그냥 머물러 있을까? 게다가 반격가는 별로 인기가 좋은 직업이라고 하기도 힘드니, 더욱 구하기 힘들었을 것이다.

내가 지불한 기여도는 그림자의 원래 주인에게 제대로 지불된다고 한다. 그렇다면야 문제는 없다.

"나를 공격해."

그림자 용병이 소환되자마자, 나는 용병에게 요청했다. 그러자 그림자 용병이 나를 공격하려고 했다. 나는 [후의 선] 스킬을 발동하고 그 공격을 주시했다.

[후의 선]

다음 순간, 나는 눈을 크게 떴다.

그림자 용병이 나를 공격하는 모션이 보였다. 그런데 실제로는 아직 공격을 해오지 않았다. 이건······. 대체 뭐지?

"미래 예지?!"

번뜩 떠오른 단어를 입에 올리자 그제야 [후의 선]이라는 새로운 스킬이 어떤 메커니즘으로 움직이는지 조금 이해가 됐다

지금 내 눈에 보이는 용병의 공격 모션. 이것은 약 0.1초쯤 후에 실제로 이뤄질 공격의 모션이었다. 0.1초라는 건 그냥 내 느낌에 그렇다는 거고 실제로는 몇 초인지 잘 모르겠지만.

어쨌든 쉽게 말해 '적의 공격을 반격하려고 할 때'라는 매우

한정된 조건하에 미래를 내다볼 수 있게 된 것이다.

"공격하기 전에 반격한다는 건 이런 의미였어!"

이건 결코 작지 않은 이점이다. 변신한 아샨타의 파괴 광선을 [간파]로도 받아내지 못한 게 얼마 되지도 않았다. 하지만 [후의 선]으로 간파보다도 먼저 적의 공격을 미리 알 수 있다면 적어도 한 발은 더 피해낼 수 있을 것이다.

게다가 이게 연습 랭크의 효과라는 걸 감안하면 앞으로의 성장세가 더 기대된다. 과연 이 스킬을 S랭크까지 성장시켰을 때, 어떤 모습을 보여줄까? 1초, 어쩌면 2초까지도 앞당겨 볼 수 있을지도 모른다.

"크흐흐……!"

나는 기대감에 몸을 떨었다.

아니, 조금 냉정해지자. 나는 지금 다소 지나치게 흥분해 있다.

더군다나 이 스킬에 단점이 없는 것도 아니다. [후의 선]은 [간파]와 달리 패시브가 아니라 필요할 때마다 켜고 끄는 이른바 토글형 스킬이다. 기습에 취약하다는 소리다. 게다가 켜고 있을 때는 체력 소모가 너무 크다.

"다른 반격가라면 정말 필요할 때 핀포인트로만 활용할 수 있겠군."

물론 난 강건 99+ 덕에 체력이 남아도는 수준이라 큰 부담은 안 되지만, 그렇더라도 24시간 켜고 있을 정도는 못 된다.

뭐, 내 경우야 99+의 직감도 있고 체력이 좀 줄어들어도 [진리 활화]가 있으니 어떻게든 되겠지.

나는 그림자 용병의 공격이 이뤄지기 전에 반격한다는 말로는 모순이지만 스킬이기에 가능한 행위를 반복해 계속 [후의 선] 수련치를 채웠다.

상대도 [후의 선]을 익혔고 사용해 왔지만, 내가 반격을 하는 것도 아니다 보니 상대하는 입장에서는 뭔가 크게 와닿지는 않았다. 민첩 차이가 워낙 크다 보니 상대가 예지하는 속도보다 내가 먼저 반응하거나 회피할 수 있는 거다.

게다가 거의 항상 [후의 선]을 켜고 있는 나에 비해 그림자 용병은 내 예상대로 핀포인트로만 사용할 수 있는 듯했다.

이렇게 보니 [후의 선]도 그렇고 반격가 자체가 별로 세 보이지는 않았다.

"이러니까 반격가가 인기가 없지."

직업 스킬 자체가 반격 위주라 한눈에 진가를 알아채기도 힘들고, 설령 대성하더라도 직감 외의 다른 능력치가 부족하면 제대로 된 활약을 해내기 힘들다. 확률적으로 적의 스킬을 훔쳐 오는 [간파]의 부가 옵션도 한계돌파를 해야 올릴 수 있는 S랭크의 보너스고, 그나마도 행운 능력치가 낮으면 제대로 발동조차 하지 않는다.

뭐, 인기가 없으면 어떤가? 나한테만 좋으면 됐지.

튜토리얼에서 99레벨을 넘어 00레벨까지 올리느라 다른 능력치의 성장이 이미 한계를 넘겼고, 그래서 잔여 미배분 능력치를 행운에 몰아줄 수 있었다. 그래서 앞서 말한 반격가의 단점은 내게 있어선 존재하지 않는다. 아니, 오히려 장점이 될 수 있다! 말 그대로 나한테만 좋은 직업인 셈이다.

나는 씨익 웃었다.

*　　　*　　　*

내가 예상했던 대로 [후의 선]은 랭크를 올리면 올릴수록 공격을 예지할 수 있는 시간이 앞당겨졌다. 연습 랭크에서는 체감 0.1초였던 것이 B랭크에 오르자 0.3초 정도는 된 것 같다.

B랭크가 되자마자 항상 등장했던 강적 대상 수련치가 등장하는 바람에 그림자 용병을 상대로는 더 이상 수련치 작업을 못 하게 되고 말았지만, 이 정도면 충분히 앞으로가 기대되는 스킬이다.

만족한 나는 그림자 용병을 돌려보내면서, 그제야 뭔가 잊고 있었다는 걸 깨달았다.

"아, 주리 리."

―네, 지휘관님.

"나 또 한 달 정도 자리 비울 거야."

내 말을 들은 주리 리의 표정이 순간적으로 굳었다.

그리고 몇 초 후, 그녀의 얼굴이 발갛게 달아올랐다.

아니, 왜?

─…네.

수줍게 대답한 주리 리는 갑자기 모습을 감췄다.

그러니까 대체 왜?

뭐, 됐다.

이해가 안 가는 걸 무리해서 이해하려는 것을 쉽게 포기해 버린 나는 레벨 업 마스터를 끄고 인벤토리에 집어넣었다.

그리고 나는 시스템의 상태창을 열어 카르마 키워드를 열람했다.

─이진혁 님의 총 포지티브 카르마: 7,504점.

─처형한 살인마의 수: 4명

─카르마 마켓의 오픈을 위한 조건을 모두 만족하셨습니다.

본래 카르마 마켓의 오픈을 위해선 살인마를 세 명 처형하라고 했었다. 하지만 나는 네 명을 처형했다. 그러니 입장 자격이 생긴 걸 테지. 아니나 다를까, 전에 보지 못한 추가 메시지가 출력되었다.

─카르마 마켓에 입장하시겠습니까?

나는 왼쪽 눈을 두 번 깜박여 입장을 선택했다.

그러자 눈앞의 광경이 갑자기 확 바뀌었다.

"윽……!"

그곳은 빛으로 가득 찬 방이었다.

방에는 까만 테이블이 하나, 그리고 철제 의자가 둘.

의자 하나는 비어 있었고, 그 맞은편에는 노인이 한 명 앉아 있었다.

노인은 백발이 성성한 흑인이었는데, 수염을 깨끗이 깎았으며 손톱도 잘 손질되어 있었다. 흰색 양복을 차려입었고, 주황색 타이에 황금빛 타이핀이 반짝였으며, 공들여 닦은 갈색 구두를 신고 있었다.

"카르마 마켓에 온 것을 환영하네. 신입 처형자여."

노인은 미소 지으며 내게 말했다.

*   *   *

"추적자를 신경 쓸 것은 없네. 자네는 온전히 이 방으로 옮겨졌으니. 돌아갈 때는 원래 있던 자리로 돌아가게 될 테지만, 적어도 이 자리에 있는 동안 자네는 안전할 걸세."

노인의 목소리는 무겁지도 않았고 가볍지도 않아 적당했다.

"자, 앉게나."

노인의 말에 따라, 나는 내 앞에 놓인 철제 의자에 앉았다.

"여긴 어딥니까?"

인사까지도 생략하고 불쑥 내민 내 물음에도, 노인은 인자하게 웃으며 대답해 주었다.

"카르마 마켓일세. 처음 말했듯."

내 질문의 의도는 그게 아니었으나, 노인이 대답한 의도는 대충 읽혔다. 그 외의 정보를 내게 알려줄 마음은 없는 거겠지.

그래서 나는 같은 질문을 반복하는 대신 다른 걸 묻기로 했다.

"여기선 뭘 팝니까?"

"매우 좋은 질문이로군. 첫 질문과 달리."

노인의 태도와 목소리에는 여유가 느껴졌다.

"보통 처형자는 쫓기게 마련이지. 아무리 악인을 처형했다지만 사람을 죽인다는 건 그만한 리스크가 쫓아오는 법이니. 그러니 이 카르마 마켓에서는 그러한 처형자에게 필요할 법한 물건을 파네. 정확하게 말하자면 물건은 아닐지도 모르겠지만……."

그렇게 말을 마치고, 잠시 생각하던 노인은 한쪽 눈썹만을 찡그렸다.

"자네는 이곳에 오는 것이 처음이니, 많은 것을 얻어 갈 수는 없을 게야. 카르마를 많이 갖진 않았을 테니. 그러나 내가 지금 자네에게 보여주는 건 아마도 당장 필요한 물건일 걸세."

노인이 말을 마치자마자, 검은 테이블 위에 백금빛으로 반짝이는 코인 한 개가 나타났다.

"이게 뭐죠?"

"[1UP 코인]일세. 인벤토리에 넣어둔 상태로 자네가 사망을 맞이하면 10초 뒤에 자네를 부활시켜 줄 걸세."

노인이 말했던 대로, 확실히 내게 필요한 물건이었다. 세상에 부활 코인이라니! 스킬도 아니고 그냥 아이템인데, 그것도 인벤토리에 넣고만 있어도 되살려준다고?

이건 사야 해!

그것도 많이, 잔뜩!

"얼마죠?"

내가 의자에서 일어나면서까지 묻자, 노인은 푸근히 웃으며 답했다.

"하나는 그냥 갖게. 자네가 살 수 있는 가격은 아니니. 세상의 악당을 세 명 줄여준 보답이라 생각하게나. 뭐, 이번만의 서비스일세."

나는 고개를 끄덕이고 [1UP 코인]을 집어 인벤토리 안에 넣었다. 부활 수단을 손에 넣었다고 생각하니 안심도 되고 든든했지만, 난 아직 만족 못 했다.

"그래서, 얼마죠?"

아무리 비싸더라도 설마 5,000카르마를 넘을까 싶어, 나는 다소 끈질기게 보일 것을 감수하면서 다시 물었다.

"욕심이 있는 친구로군. 그래, 목표로 삼는 것도 나쁘지 않겠지."

내 끈질긴 질문에 노인은 왼쪽 눈썹을 찡그리더니, 잠깐 텀을 두었다 다시 입을 열었다.

"100카르마일세. 물론 포지티브로."

"100… 카르마?… 라고요?!"

싸잖아!

"1,000명을 살해한 살인마를 죽여야 얻을 수 있는 카르마지. 행운이 따라도 얻을 수 없는 카르마일세. 오히려 1천 명의 사람들이 불운한 죽음을 맞아야 다른 누군가가 그 카르마를 얻게 된다는 의미에서는 다른 이들의 불운이 필요한 걸지도 모르겠군."

내가 놀라고 있는 사이에도 노인은 뭐라고 계속 말하고 있었다.

그러나 내겐 잘 들리지 않았다. 추가 목숨이 고작 100카르마?

나는 다시 상태창을 열어 내 카르마 양을 확인했다.

─이진혁 님의 총 포지티브 카르마: 7,504점.

"후, 후후후후."

나는 소릴 내어 웃고 말았다. 내 웃음소릴 들은 노인은 측은한 듯 날 바라보며 말했다.

"저런. 너무 비싼 가격에 넋을 잃은 모양이군. 1UP 코인을 더 살 생각은 말고 지금의 목숨을 소중히 하게나. 그것이 현명한 선택이지."

"주세요."

"뭐?"

노인이 눈을 끔벅이며 되물었다.

"50개."

75개를 사도 좋겠지만, 혹시 마켓에 다른 상품이 있을지도 모르니 50개로 아꼈다. 추가 목숨이 51개라면 어지간해선 다 쓸 일이 없을 것이란 계산도 서 있었고.

"뭐, 뭘?"

좀 답답하군. 그러나 나는 인내심을 갖고 대꾸해 주었다.

"[1UP 코인]이요."

빛으로 가득 찬 작은 방에, 잠시 침묵이 떠다녔다.

드르륵.

노인이 자리에서 일어났다.

그러더니 내게 허리를 굽혔다.

깊숙하게.

"죄송합니다, 고객님. 당 마켓에는 그만한 재고가 없습니다."

동전을 뒤집은 것같이 판이하게 달라진 태도였다.

　　　　　*　　　　　*　　　　　*

　　결국 내가 카르마 마켓에서 얻을 수 있었던 [1UP 코인]은 세 개뿐이었다.

　　하나는 공짜로 받은 거니 실제로 카르마를 지불하고 산 건 두 개뿐. 다시 말해, 카르마 마켓의 재고가 그것뿐이었다는 소리다.

　　별로 만족스럽지는 않았다. 여벌 목숨이 세 개 더 생겼다고는 하지만, 50개보다는 많이 적으니까.

　　"세상의 거악을 처치해 주신 처형자님께 감사드립니다."

　　그 코인 두 개를 내어 주면서, 노인은 다시 한번 내게 허리를 굽혀 인사했다. 태도가 너무 바뀌어서 적응이 안 된다. 그보다 이 노인, 지나치게 속물적인 게 아닐까? 내게 카르마가 잔뜩 있다는 걸 알자마자 이렇게 태도를 바꾸다니.

　　"다른 물건들을 보여줘요."

　　그렇다 보니 내 태도가 좀 심드렁해지는 것도 어쩔 수 없었다. 그러나 노인은 그런 내 태도를 지적하는 대신, 고개를 끄덕이며 기껍게 말했다.

　　"물론이죠, 고객님. 자, 여길 보시죠."

　　검은색 테이블 위에 세 장의 종이가 차례차례 펼쳐졌다.

　　"가장 왼쪽에 있는 것이 이름 변경권, 중앙에 있는 것이 종족 변경권, 오른쪽에 있는 것이 성별 변경권입니다. 이름을 바꾸고, 종족을 바꾸고, 성별까지 바꾸면 추적자는 절대 고객님의 정체를 깨닫지 못할 겁니다. 시스템상에서 변경되는 것이기 때문에 그 어떤 추적용 스킬로부터도 안전해지죠."

이름이나 성별을 바꿀 생각은 없다. 몇백 년이나 이진혁이라는 남자로 살아왔는데, 지금 와서 그걸 바꾸면 위화감이 엄청날 테니까.

하지만 종족 변경에는 조금 관심이 간다. 인간보다 더 강력한 종족, 예를 들어 드래곤 같은 것으로 변경하면 당장의 전력 상승에 도움이 될 테니까.

"종족 변경권은 얼마죠?"

"1,000카르마입니다."

목숨 하나보다 비싸다니! 설마 목숨보다 비싸겠냐 싶어 가벼운 마음으로 물어봤는데, 내 예상보다 20배는 더 비싼 가격이다.

"하지만 고객님, 추적자를 피해 신원을 바꾸는 것은 이름부터 바꾸실 것을 권해 드리고 싶군요. 가장 효과적이거든요."

"아뇨, 종족을 바꾸면 더 강해질까 싶어서요."

나는 무심코 본심을 털어놓았다. 그러자 노인이 갑자기 침묵했다. 왜 이러지?

"…죄송합니다만 고객님, 지구인 아니십니까?"

지구인. 그 단어를 듣는 순간 내 몸이 굳는 건 어쩔 수 없었다. 하지만 나는 되도록 아무렇지 않은 척하려 애쓰며 곧장 대답했다.

"맞아요."

내 내면의 동요를 아는지 모르는지, 노인은 신중한 목소리로 내게 이렇게 말했다.

"그렇다면 종족 변경권을 쓰지 않는 편이 더 나을 겁니다."

쓰지 않는 편이 낫다고? 그건 의아한 조언이었다.

인퀴지터들 보면 빛의 날개를 달고 날아다니는 모습이 그렇게 부러울 수가 없었는데. 나는 하늘을 날려면 스킬을 써야 하지만, 걔네들은 그냥 스킬도 안 쓰고 자유롭게 날아다니는 것 같았다. 게다가 그 속도도 상당히 빨랐다.

나는 그게 그들이 '천사'라는 종족이라서 그런 줄 알고 있었다. 언젠가 슬쩍 새티스루카의 상태창을 일부나마 들여다볼 기회가 있었는데, 걔 종족이 천사였으니까.

그래서 나도 천사 같은 걸로, 아니면 더 좋은 종족이 있으면 그걸로 변경해 볼까 생각하고 있었는데……. 그거보다 인간, 그러니까 지구인이 더 낫다고?

"왜죠?"

너무 의아해서 질문을 안 할 수가 없었다. 그런데 더욱 의아하게도, 노인은 내 되물음에 다소 당황한 듯 눈을 두 번 깜박인 다음에야 다시 입을 열어 내게 이렇게 말하는 것 아닌가.

"어… 고객님. 괜찮으시다면 상태창의 종족 정보를 열람해

주실 수 있으십니까? 공개로요."

뭐가 있나 싶어서, 나는 잠깐 고민하다 노인이 원하는 대로 했다. 상태창을 열고, 종족 정보만 공개로 돌렸다. 플레이어들에게 있어서 보통 타인에게 상태창을 보이는 건 금기에 가깝지만, 이 정도야 뭐 별거 아니다.

이름: 이진혁
종족: 인간
세부 정보: 인간 — 지구인.
등급: 일반(Common)
종족 특성: 특별히 없음.

특별히 뭐가 없으니까.

"오, 이런!"

그런데 노인은 내 상태창을 보더니 신음인지 탄성인지 모를 소릴 내질렀다.

"무슨 일이 있었는지 모르겠지만, 고객님의 종족 정보가 갱신되지 않은 지 오래됐군요."

노인은 테이블 위에 띄워놓은 종족 정보창을 손가락으로 문질렀다. 그러자 정보창의 내용이 슥슥 바뀌기 시작했다.

이번에는 내가 눈을 휘둥그레 뜰 차례였다.

이름: 이진혁

종족: 인간

세부 정보: 인간 ― 지구인.

등급: 전설적 유일(Legendary Unique)

종족 특성:

―모든 인류의 뿌리: 모든 인류 언어를 알아들을 수 있음.

―가장 원초에 가까운 인류: 직감 능력치의 효율이 100% 상승.

―지구인의 습득력: 레벨 업에 필요한 경험치가 절반.

"지금 고객님께선 이 세상에 단 한 명뿐인 지구인입니다. 보이시죠? 전설적 유일. 이러한 메리트를 포기하시는 건 별로 좋은 선택은 아닐 성싶습니다. 고객… 님?"

노인의 이야기가 잘 들리지 않았다.

그러나 키워드 몇 개는 들렸다.

단 한 명뿐.

전설적 유일.

"…하하."

이상한 데서 이상한 걸 알게 되는군. 아니, 이제까지 적극적으로 모르려 들었다는 게 더 맞을 것이다. 그러나 이렇게 알게 되는 걸 피하지 못하게 되었다.

유일이라는 말의 뜻이 가리키는 바는 대단히 심플하다.

뭐, 그렇다.

이것으로 확실해졌다.

"지구는 멸망했고, 살아남은 지구인은 나뿐인 건가……."

나는 처참한 기분으로 독백했다.

"그건 좀 섣부른 판단 아닐까요?"

그런데 노인이 끼어들어 이상한 질문을 했다.

"네?"

나는 잘못 들었나 싶어 되물었다.

"섣부른 판단일 수도 있다고 말씀드렸습니다."

잘못 들은 게 아니었다.

"아니, 제가 마지막 지구인이라면서요?"

"맞습니다."

맞다고? 그럼 역시 지구가 망한 게 맞는 거 아냐?

내 표정이 사정없이 일그러지는 걸 본 노인은 서둘러 말을 이었다.

"아, 제가 드린 말씀에 어폐가 있긴 했군요. 현재 고객님께서 전 차원을 통틀어 유일무이한 지구인이신 건 맞습니다. 그야말로 전설적인 존재시죠."

"그럼 역시 지구인이 전멸한 게 맞는 거 아닌가요?"

"그렇게 단정 짓는 것은 섣부른 판단 같습니다."

이게 무슨 소리지? 내가 의문에 가득 찬 눈초리로 노인을 노려보자, 노인은 손을 내저었다.

"간단히 말씀드리자면 고객님께선 운이 좋으셨던 겁니다."

"그게 무슨……."

영문 모를 소리만 잔뜩 하는 노인에게 짜증이 날 무렵이었다.

"고객님을 제외한 지구인들은 모두 다른 종족으로 변경을 해버렸거든요. 그러는 바람에 고객님께서 마지막 지구인이 되신 거고, 그렇게 전설적 유일급 종족으로 남게 되신 겁니다."

어떤 의미에서는 지구가 멸망했다는 것보다도 충격적인 진실이었다!

Chapter 2

"만약 고객님께서 종족 변경권을 사용하신다면 지구인이라는 카테고리 자체가 사라져 버리고 말 겁니다. 그렇다고 손해보는 사람이 있는 것은 아닙니다만, 그래도 그냥 두고 보기 아까워서 이렇게 말씀드리게 됐습니다."

"아뇨, 감사합니다."

나는 고개를 저었다. 아직 머릿속에서 혼란이 완전히 빠져나가지는 않은 상태였다.

"그럼 혹시 지구는 아직 안 망한 겁니까?"

그래서인지, 나는 평소라면 결코 하지 않을 이상한 질문을 하고 말았다. 지구가 망했든 말았든 나와 무슨 상관이라고.

나는 낭패한 표정을 지었지만, 이미 뱉어버린 질문은 다시 삼킬 수 없다.

그런 내게, 노인은 안타깝다는 표정을 지으며 내 질문에 대답해 주었다.

"제가 알아볼 수 있는 건 카르마 마켓에서 다루는 상품에 대한 것뿐입니다. 그저 통계로 보아 고객님께서 마지막 지구인이라는 걸 알아볼 수 있었을 뿐이지요. 지구에 무슨 일이 있었는지, 지구인들이 어떻게 되었는지는 저도 알 수 없습니다."

"그렇군요……."

나는 곧장 후회했다. 하느니만 못한 질문을 하고 말았다.

술에 취해서 전 여친의 SNS에 들어갔다가 덧글을 하나 남기고 잠들었다가, 술에 깨서 무진장 후회하며 그 덧글을 지우는 것 같은 느낌이었다.

아니, 난 그랬던 적 없지만 말이다.

"저기 혹시, 그럼 다른 사람이 종족 변경권을 사용해서 지구인이 되면 제 전설적 유일급 지위도 사라지게 되는 건가요?"

분위기 전환을 위해 나는 다른 질문을 생각해 내어 노인에게 물었다.

아니, 그냥 아무 생각 없이 던진 질문인데 의외로 내게 중요한 질문이기도 했다. 내가 가진 어드밴티지가 사라질 수도 있는지에 대한 여부가 달린 것 아닌가!

그래서 나는 노인의 대답에 집중했다.

"아뇨, 아까 말씀드렸다시피 고객님은 운이 좋으셨던 겁니다. 지금 만약 다른 고객님께서 지구인으로의 종족 변경을 감행한다면 그냥 전설급 종족으로 남겠지요. 그것과는 상관없이 고객님께선 여전히 전설적 유일급 종족 지위를 유지하실 수 있습니다."

오, 다행이다.

그런데 노인의 이야기가 아직 끝나지 않았다.

"그러나 만약 그 상태에서 고객님께서 종족 변경권을 사용하시면……."

"그 사람에게 전설적 유일급 타이틀이 달리겠군요."

"정확하게 이해하셨습니다."

노인은 미소 지었다.

"그러니 가능하시다면 종족 변경권을 사용하지 않는 것을 추천해 드리는 바입니다."

"이해했습니다."

나도 미소 지었다.

마지막 지구인으로서 전설이 되어버린 느낌은 뭐 크게 나쁘지 않았다. 아니, 사실 좋았다. 그 덕에 이렇게 종족 특성이 업그레이드되었으니 말이다. 나는 상태창을 켜고 다시 내 종족 특성을 하나씩 찬찬히 뜯어보기 시작했다.

자동 통역 기능을 지닌 모든 인류의 뿌리 특성……. 응? 모든 인류의 뿌리? 뭔가 의미심장한데. 어쨌든 직접적인 전투 능력엔 상관없는 특성이니 그냥 넘어가자. 그리고 가장 원초에 가까운 인류……. 이것도 좀 의미심장한데. 어쨌든 직감의 효율이 올라가는 건 좋은 일이다.

마지막으로 이게 가장 아쉽다. 지구인의 습득력. 레벨 업에 필요한 경험치가 절반이라니!

"진작 업데이트 됐더라면 레벨 업이 더 편해졌을 텐데……."

나는 약간의 불만을 담아 그렇게 툴툴거렸다. 그러자 노인은 고개를 저었다.

"아닙니다, 고객님. 고객님께선 정보 갱신만 안 되었을 뿐, 마지막 지구인이 되셨을 시점에 이미 모든 특성이 활성화된 상태입니다."

"…예?"

"지금까지 단 한 번도 다른 인류 종족을 만난 적이 없으십니까?"

노인이 말하는 건 모든 인류의 뿌리 특성에 대한 걸 거다. 말이 통했느냐고 묻는 걸 테니. 그리고 물론 통했다. 드워프도, 오크도, 엘프도, 코볼트도. 나와는 다 의사소통이 됐고, 나는 그것을 별로 이상하게 생각하지 않았다.

"그건 시스템이 자동으로 통역해 주는 줄 알았는데요."

왜냐하면 튜토리얼 세계에선 처음부터 말이 통했으니까.

그러나 그러한 내 추측을 노인은 부정했다.

"튜토리얼 세계에서는 그렇습니다만, 현실에선 그렇지 않습니다."

그랬던 건가. 자동 통역 서비스는 튜토리얼 세계 한정이었던 건가. 여기 이 세계에 와서 다른 NPC 종족들과 말이 통했던 건 모든 인류의 뿌리 특성 덕이었던 거고.

"그럼 다른 특성들도 이미 활성화가 되어 있었다는 말씀입니까?"

"그렇습니다. 가장 원초에 가까운 인류나 지구인의 습득력은 이미 적용된 상태일 겁니다. 지구인이 완전히 사라졌다고 알려진 것도 상당히 오래전의 일이니까요."

오래전의 일이라는 단어가 내 머리를 한차례 두들겼지만, 나는 의도적으로 무시했다.

그보다 99레벨 시절에 블랙 드래곤을 죽일 때마다 0.2%의 경험치를 얻었던 건 지구인의 습득력 덕이었단 말인가!

가슴이 철렁했다.

이 종족 특성이 없었다면 레벨 업에 두 배의 시간이 필요할 뻔했으니. 튜토리얼 세계에 천 년 이상도 갇혀 있었을지도 모른다는 소리 아닌가?

"그런데 왜 이제까지 몰랐지?"

레벨 업 경험치가 반으로 깎이는 건 결코 경시할 수 없는 큰 변화다. 그럼에도 내가 알아채지 못한 건 이상하다.

"아, 그렇군."

튜토리얼 세계에 혼자 남았다는 걸 깨닫고 얼마 지나지 않아, 정신을 놓고 지낸 적이 있다. 폐인이 되어 레벨 업도 포기하고 튜토리얼 세계 곳곳을 떠돌아다닌 모양이다. 다른 사람 이야기하듯 하지만, 그때의 기억은 지금도 희미하니 별수 없다.

아마 그 시절에 내가 마지막 지구인이 된 거겠지. 그거라면 내가 종족 특성에 변화가 있다는 걸 못 알아챌 만도 하다.

노인은 묵묵히 나를 바라보고 있었다. 그제야 나는 노인을 앞에 두고 열심히 혼잣말을 했다는 걸 뒤늦게 알아챘다.

"크흠, 그럼 세 상품 모두 제게 필요가 없는 셈이 되는데. 다른 상품은 없어요?"

헛기침을 한 번 하고, 나는 그렇게 물었다.

"물론 존재합니다, 고객님."

노인은 술병을 하나 꺼내놓았다.

"만전의 술. 300카르마입니다. 생명력, 체력, 마력, 내공 등 모든 소모된 값을 최대로 채워줍니다."

"줘요!"

"아뇨, 지금 고객님께선 만전의 상태신지라 이 만전의 술을 구매하시는 건 불가능합니다. 만전의 술은 이 공간에서 밖에 효력을 발휘하지 못하는 물건인지라. 필요하실 때 여기 오셔서 바로 마시고 나가시는 용도입니다."

아쉽군. 나는 입맛을 다셨다.

"또 뭐 없어요?"

"귀환의 돌. 300카르마입니다. 사전에 귀환 지점을 설정해 두시고 이 돌을 만지면 바로 그 귀환 지점으로 돌아갈 수 있는 물건이죠."

"줘요!"

"죄송합니다만 만지자마자 효과가 발동하는 물건이라서, 인벤토리에 넣으실 수는 없습니다. 다만 귀환 지점을 설정하는 표를 드릴 테니, 다음에 오셔서 사용하시죠."

내 시스템의 인터페이스에 귀환 지정 설정이라는 아이콘이 하나 새로 생겼다. 아까도 생각했지만 타인의 시스템에 간섭하는 능력을 지닌 이 노인은 보통 존재가 아니다. 그래서 나도 함부로 굴지 못하는 거고.

"고마워요. 그런데 또 다른 물건은 없나요?"

"체모 염색 물약, 피부 염색 물약, 눈동자 염색 물약. 한번 사용하면 영구적인 효과를 발휘합니다. 각각 200카르마씩입니다."

내게 크게 필요는 없는 물건들이다. 심드렁하니 그 물약들을 바라보던 나는 어떤 사실을 깨닫고 노인에게 질문했다.

"잠깐만요. 염색 물약들이 왜 목숨보다 비싸죠?"

그러자 노인은 웃으며 이렇게 대답했다.

"목숨이 싼 겁니다."

그 대답을 들은 나는 확신했다.

역시 이 노인, 보통내기가 아니다.

*　　　*　　　*

나는 카르마 마켓을 나왔다. 생각했던 것보다 소득이 적긴 했지만, 그래도 인벤토리 안에 자리를 차지한 [1UP 코인] 세 개를 바라보고는 웃었다.

이걸로 이제 두 번 정도는 무모한 짓을 해도 다시 살아날 수 있다.

그렇다고 무모한 짓을 나서서 하겠다는 건 아니다. 나대지 말자고 다짐한 게 어제도 아니고 오늘인데 그럴 순 없지.

그 외에 다른 소득은 없어 아쉬웠지만, 다음에는 더 다양한 상품을 준비하겠다는 노인의 말을 믿어야지.

"자, 그럼 [진리대주천]을 돌려볼까?"

카르마 마켓에서 이렇게 시간을 많이 잡아먹을 줄은 몰랐다. 아니, 카르마 마켓이 뭔지도 몰랐으니까. 그러니 당초 계산한 것보다 좀 늦어지긴 했지만, 나는 계획대로 대주천 타임을 가지기로 마음먹었다.

내가 잠깐 자릴 비울 건 이미 주리 리를 통해 알려두었다. 이젠 인류연맹에서 내가 죽었다고 생각하고 이상한 짓을 할 이유는 없었다. 그러니 이번 김에 아주 뿌리를 뽑을 기세로 대주천을 돌려볼 생각이었다.

그래도 안전에 안전을 기하는 차원에서, 나는 요 주변을 다시 한번 훑어보았다.

좋아, 직감은 조용하다. 내게 위협이 될 만한 것은 전혀 없다. 바람도 조용해, 호수에 파문 하나 일지 않고 있었다. 맑은 호수임에도 물고기 한 마리 뛰어오르지 않는 건 다소 불길했지만, 교단의 힘이 미치는 이 세계에서는 흔한 일이다.

"그럼 어디 한번 시작해 볼까?"

나는 그 자리에 가부좌를 틀고 앉았다. 그리고 스킬을 활성화시켰다.

[진리대주천]

그러자 마력이 전신을 회전하기 시작했다. 대주천을 돌리는 것도 이제 겨우 두 번째지만, 지난번에는 일주일 연속으로 했다. 그렇다 보니 이번에는 어쩐지 마력이 어떻게 움직이고 있는지 알 수 있을 것 같은 기분이다.

그래, 이미 내겐 [진리의 극]이 있다. 마력을 다루는 스킬을 갖고 있다는 말이다. 굳이 스킬에만 의존할 필요가 있을까?

나는 천천히 [진리의 극]으로 마력을 움직여 보기 시작했다. 처음에는 [진리대주천] 스킬로 인해 움직이는 마력에 맞서지 않고, 천천히 가속시켜 가는 느낌으로.

좋아, 순조롭다. 나는 마력의 움직임을 더욱 가속시켰고, 한 꺼번에 더 많은 양의 마력을 운용했다. 모든 것이 순조롭다. 기분 탓인지 스킬의 효과도 더욱 좋아진 것 같다.

조금 더 해볼까? 용기를 얻고 약간 더 마력을 움직여 보려고 했을 때였다.

쿵.

윽! 역시 안 되나?

[진리의 극]으로 움직인 마력과 [진리대주천]으로 움직이는 마력이 충돌하는 바람에, 단전에 길고 큰 바늘에 깊숙이 찔린 것 같은 고통이 느껴졌다.

뭔가 잘못되어 가고 있는 것 같은데, 이러다가 주화입마에 빠져드는 게 아닐까? 그런 위기감이 찾아들었다.

그러나 느낌을 잡은 것 같다는 감각 또한 동시에 찾아왔다.

[진리의 극]으로 마력을 움직였기에 이런 것이다. 두 개의 스킬이 충돌했기에 일어난 일이다. 그렇다면 하나의 스킬만을 운용하면 되는 일이다.

나는 [진리의 극]을 껐다.

그리고 내가 직접 마력을 운용하기 시작했다.

언제부터 이런 게 가능해졌는지는 기억나지 않는다. 어느새 자연스럽게 터득하게 된 능력이다. 스킬이 아닌 능력, 나의 능력이다.

처음에는 천천히, 작게, 조금씩, 조심스럽게. 그리고 내 의지로 움직이는 마력과 스킬이 섞이기 시작했다. 서로 충돌하지 않도록 자연스럽게, 속도를 맞춰서, 길게 마력을 뽑아내었다.

그것은 매우 세밀한 작업이었고, 극도의 집중력을 요구했다.

점점 나는 무아지경에 빠져들었다.

그런 채로 얼마나 지났을까? 나는 마력의 운행이 느려지고 갑갑해지는 것을 느꼈다. 스킬이 천천히 느려지기 시작했다.

—더 이상 [진리대주천]으로 마력을 쌓을 수 없습니다.

아니, 나는 더 할 수 있어. 나는 시스템의 메시지를 무시했다.

진리대주천은 한계에 부딪혀 멈췄지만, 나는 내 의지로 계속해서 마력을 운용했다. 언제부턴가 주도권은 내게 넘어와 있었다. 이미 스킬이 돌리는 마력보다 내가 직접 돌리는 마력 양이 더 많았고, 흐름 또한 더 강력했다. 그러니 더 이상 스킬에 의존할 필요는 없었다.

그러니 [진리대주천]이 아닌, '대주천'을 계속하는 데는 아무런 장애가 없었다.

—한계돌파!

마력의 폭풍은 다시금 내 안에 몰아치기 시작했고, 무엇으로도 그것을 막을 수 없게 되었다. 그리고 바로 그 순간, 나는 묘한 깨달음을 느꼈다.

*　　　*　　　*

"진리는 빛."

진리대마공으로 쌓인 마력의 속성은 번개와 불꽃. 둘 모두 빛을 발하는 힘이며, 그렇기에 빛이 서로 다른 두 속성을 묶어놓는 것이라 할 수 있다.

나는 단순히 스킬로써 진리대마공을 얻어 아무 생각 없이 수련하고 있으나, 어째서 상이한 두 속성을 한꺼번에 다룰 수 있는지 뒤늦게 의아해할 수 있게 되었다.

그리고 그 의문이 해소되며, 마치 DNA처럼 두 개의 나선으로 꼬여 있던 두 속성의 서로 다른 마력이 하나로 합쳐졌다.

그것은 화합인 동시에 충돌이었다.

투투투퉁.

새롭게 합쳐진 빛의 마력이 끊임없이 내 내면을 두들겨 대었다. 그렇게 마력이 두들길 때마다 새로운 길이 뚫렸다. 이제껏 마력이 흘러 다니지 않았던, 그 전까지는 미처 인지조차 못 했던 곳을 향하여.

파아아앗.

나는 개안했다.

실제로 눈을 뜬 것은 아니다. 하지만 그것은 실로 '개안'이라 칭할 만한 경험이었다.

빛이 전신을 흘러 다니고 있었다. 여전히 때때로 찌릿찌릿하고 뜨거웠으나, 그것이 따스하고 기분 좋은 빛으로 바뀌는 데는 그리 오래 걸리지 않았다.

―더 이상 진리대주천으로 마력을 쌓을 수 없습니다.
―한계돌파!

그 순간, 다음 깨달음이 나를 찾아왔다.

"진리는 생명."

사람은 호흡으로 생명을 유지한다. 호흡은 곧 산소를 태워 에너지를 얻는 것이며, 이것은 곧 불이다.

사람의 뇌는 전기신호로 명령을 전달한다. 그렇기에 전기신호가 통하지 않는다면 결국 호흡조차 불가능하게 되며, 그렇기에 번개는 곧 생명이라 할 수 있다.

그렇기에 내가 운공 중인 이 진리의 마력은 곧 생명의 원천이다.

그것을 깨달은 순간, 나는 내 온몸을 휘몰아치고 있는 이 마력이 곧 생명의 흐름임을 관조할 수 있게 되었다.

후오오오오.

마력이 내 몸 구석구석까지 파고들었다.

신경세포의 말단까지.

모세혈관의 막다른 골목까지.

피부의 세포 끝 조각까지.

그러나 그것은 결코 고통스러운 것이 아니었다. 차라리 환희에 가까웠다.

나는 더욱더 마력의 회전에 몰두했다.

―[진리대마공] 스킬의 변화가 감지되었습니다.

―스킬의 이제까지 알려지지 않았던 특성이 새로이 개방됩니다.

―[진리의 극] → [진리초극]

―[진리대마공] 스킬이 스스로 진화합니다.

―등급: 전설 → 등급: 전설 유일

―당신은 스킬의 새로운 주인이 되었습니다.

시스템 메시지가 뭐라고 계속 떠들고 있었지만, 나는 마력의 행공에 집중하느라 읽지 못했다. 설령 읽을 정신이 있었더라도 무시했을 것이다.

나는 계속해서 마력을 회전시켰다.

*   *   *

나는 극심한 허기와 갈증에 눈을 떴다.

위장 상태로 보아 지난번과 비슷하게 한 달 정도 지난 것 같았다.

"으……."

신음성과 함께 눈을 뜬 내가 본 건 각양각색의 과일들과 화려하게 장식된 꽃, 그리고 나를 향해 절을 하는 사람들의 모습이었다.

"음? 어?"

영문을 모른 내가 주변을 두리번거리자, 가장 앞에서 내게 절을 하던 자가 일어나 외쳤다.

"신께서 깨어나셨다!"

와아아아아아!!

함성이 주변을 진동했다.

아니, 이게 무슨……. 이것들은 뭐지? 여기서 무슨 짓을 하고 있는 거지?

─호수 세이렌 일족의 우호도가 500 올랐습니다.

─호수 세이렌 일족이 당신을 신으로 섬깁니다.

─호수 세이렌 일족의 우호도가 신앙심으로 치환됩니다.

뭔데? 난 아무것도 안 했는데 왜 우호도는 500이 올라 있고 이들은 왜 날 신으로 섬기지?

나한테 나쁜 일은 아니지만 영문을 모르다 보니 덮어놓고 기뻐하기도 힘들다.

그거랑은 별개로 드르륵 들어온 우호도 관련 퀘스트 보상은 따박따박 받아먹었지만 말이다.

뭐, 생각은 나중에 하자. 무아지경에 잠겨 있는 동안 직감이 조용했던 걸 보면 이들은 내게 무해한 자들이다. 적의도 없어 보이고. 그럼 됐지, 뭐.

나는 주변에 널린 과일을 집어 먹기 시작했다.

"신께서 우리의 제물을 받아주셨다!"

"오오오, 신이시여!"

"신이시여! 신이시여!!"

뭔가 부담스러운 소리가 들렸지만 기분 탓이겠지. 그보다는 과일을 집어먹을 때마다 눈앞에 흘러가는 시스템 메시지가 신경 쓰였다.

─호수 포도를 먹음으로써 미식의 길이 반응합니다.
─경험치 17을 얻었습니다.
─호수 사과를 먹음으로써 미식의 길이 반응합니다.
─경험치 14를 얻었습니다.

경험치가 너무 적잖아! 사실 꽤 맛있는데 말이지. 물론 일전에 먹었던 5성 요리에 비하면 먼지 같은 맛이지만, 굶주린 위장은 무엇이든 잘 받아들였다.

아무 생각 없이 먼지 같은 맛의 과일을 집어 먹다 보니, 내 주변의 신자들이 나를 어떠한 욕망이 담긴 시선으로 바라보는 것을 알게 되었다. 그 욕망의 이름은 바로 식욕이었다.

하긴 여기도 교단의 영향력이 미치는 지역일 텐데 음식이 남아돌 리 없지. 날 신이라 받들어 올리면서 그 귀한 음식을 내게 바치긴 했지만, 그들의 위장은 신앙심과 별개로 반응하는 모양이다.

"에이, 링링!"

나는 레벨 업 마스터를 꺼내 외쳤다. 그러자 링링이 냉랭한 목소리로 대꾸했다.

─무슨 일이신가요, 고갱님.

왜 호칭이 고갱님으로 돌아와 있는 거지? 목소리에서 느껴지는 이 낮은 온도는 또 뭐고?

그건 나중에나 차차 물어보자.

"중화요리 코스. 10세트 부탁해."

내가 별말 없이 주문만 하자, 링링의 표정이 한층 더 사나워졌다.

─알았습니다, 고갱님.

그러면서 목소리의 온도는 더욱 내려갔다. 진짜 왜 저러지? 차차 물어보려고 했지만, 앞으로 무서워서 못 물어볼 가능성이 커졌다.

어쨌든 인벤토리에는 요리가 제대로 들어왔다. 그걸 확인한
나는 자리에서 일어나 외쳤다.

"나의 신민들이여! 그대들의 깊은 신심에 나는 감동했다! 이
것은 내 감루이니 받아먹도록 하라!!"

나는 탕수육과 군만두를 뿌렸다. 물론 짜장면은 내가 먹을
생각이기에 뿌리지 않았다. 짜장면을 짜장 소스째로 뿌려봐
야 테러로밖에 느껴지지 않겠지.

탕수육과 군만두를 받아먹은 호수 세이렌 일족은 감동하며
또 외쳤다.

"오오오, 힘이히여!"

"힘이히여, 힘이히여!!"

입안에 뜨거운 군만두와 탕수육이 들어가 발음이 제대로
안 되고 있지만, 어쨌든 좋아하니 다행이다. 그런데 내 이름도
모른 채 그냥 신이시여만 반복하다니. 이것도 좀 그렇군. 그래
서 나는 또 외쳤다.

"신민들이여! 내 이름은 이진혁이다!"

"이진혁 님!"

"이진혁 님! 이진혁 님!!"

나도 내가 무슨 짓을 하고 있는지 잘 모르겠지만, 어쨌든
이 정도면 받아먹은 퀘스트 보상만큼은 해준 것 같다. 사실
이들에게 배불리 먹일 탕수육을 뿌려도 금화 몇 개도 안 쓰겠

지만. 음… 뭐 또 다른 방법으로 뭔가 해줄 일이 있겠지.

그런데 이럴 줄 알았으면 캠프파이어를 지우지 말 걸 그랬다. 캠프파이어 피워놓고 음식만 나눠 주면 이들 앞에 음식이 좌르륵 나올 텐데 말이다. 뭐, 그래 봤자 금화 몇 개 아끼는 수준이겠지만 말이다.

어쨌든 이들은 이미 내게 신앙을 바쳤고 나의 신민이다. 우호도 퀘스트로 내게 금화를 주기도 했고, 이들의 신앙으로 난 신성까지 얻었다. 금화 몇 개를 아쉬워하는 것도 좀 아닌 것 같았다.

"많이들 먹어라! 잔뜩 먹어라!!"

마음을 정한 나는 다시 상점을 열고 인원수대로 짜장면을 사서 돌렸다. 나를 따라서 젓가락을 포크 쥐듯 쥐고서 열심히 먹는 모습이 흐뭇하다. 맛있는지 다들 눈을 동그랗게 뜨고 정신없이 먹고 있었다. 사준 보람이 느껴지는군.

다들 먹느라 바쁜 틈을 타, 나는 맨 앞에서 무슨 제사장 같은 역할을 맡았던 가장 지위가 높아 보이는 이에게 슬쩍 말을 걸었다.

"야."

예의를 좀 차려줄까 했지만, 이미 상대가 우호도 500을 찍었고 날 신으로 섬기는데 예의 따윌 챙기는 게 더 이상할 것 같았다. 하지만 바로 후회했다.

예의는 챙기지 말지언정 체통은 챙기는 게 낫지 않았을까?

뭐, 이제 와서 후회해 봐야 늦었지만.

"에, 옙!"

정신없이 짜장면을 먹던 그는 내 부름을 듣자마자 바로 면을 이빨로 끊으며 대답했다. 군기가 바짝 든 모습이 나쁘지 않다. 조금 전까지 느껴지던 후회는 바로 자취를 감췄다.

"쉿, 조용히."

"아, 알겠습니다."

"영문도 모르고 장단을 맞춰주긴 했지만, 대체 왜 날 갑자기 신으로 모시는 거야? 이유나 좀 알자."

*   *   *

호수 세이렌 일족의 족장, 시에니에는 내게 이렇게 말했다.

"본래 저희는 이 호수 주변을 근거로 삼았던 자들입니다. 그러나 20년을 주기로 한 번씩 일족을 모두 대동하고 바다에 나가 사는 풍습이 있습니다."

참고로 시에니에는 남자였다. 남자 세이렌이라니. 지구의 세이렌 전설을 아는 지구인인 내가 보기엔 기이하기 그지없었지만 뭐, 지구의 전설은 지구의 전설이고 이쪽 세이렌들은 또 나름의 생태를 가지고 있는 거겠지.

어쨌든 그렇게 시작된 시에니에의 이야기는 꽤나 길었다.

바다에 나간 것까지는 좋은데, 돌아오려고 하니 갑자기 길이 막혔다. 억지로 바다에서의 생활을 어찌어찌 이어나갔지만 본래 민물에서 생활하는지라 고생이 많았는데, 어느 날 갑자기 이 세상의 것이라 믿을 수 없는 거대한 벼락이 떨어지고 난 후 돌아올 길이 다시 뚫렸다.

그래서 서둘러 호수로 돌아와 봤더니, 세이렌들의 고향이라 할 수 있는 이 호수에는 독기가 가득했고 전에 없던 괴물들이 휘젓고 다니더란다.

이를 어쩌나 고민하던 차에 세이렌들은 이 섬에서 가부좌를 틀고 앉은 날 발견했는데, 내 주변에 기이한 빛과 기운이 가득해 이곳에서만 그들이 식량으로 쓰는 호수 과일들이 자라나고 괴물들은 가까이 오질 않더란다.

"그래서 이진혁 님을 신으로 섬기게 된 겁니다."

요약을 해도 꽤 긴 이야기를 양념 치고 조미료 뿌려가며 했던지라, 이야기가 끝날 무렵에는 중천에 떠 있던 해가 서녘으로 이미 넘어가 버렸다.

시에니에의 이야기 솜씨가 그럭저럭 훌륭해 재미는 있었던 게 그나마 다행이었다.

"짚이는 게 있군."

비린내가 나지 않는 해변에서 [뇌신의 징벌]을 테스트해 본 기억이 있다. 그때, 이 세이렌들의 귀환을 막고 있던 무언가가 뇌신의 징벌에 의해 파괴되었을 가능성이 있다.

타이밍도 대충 맞고.

그렇다고 이게 확실한 건 아니니 굳이 이 가설을 떠벌일 필요는 없겠지.

그리고 내가 대주천을 돌리던 자리에서만 식물이 자라고 괴물이 피해 다녔다는 것도 짚이는 게 있다.

나는 스킬창을 열어보았다.

[진리대마공—개(Lightning Blaze Force—Upgraded)]+5

—등급: 전설 유일(Legendary Unique)

—숙련도: S++랭크

—효과: 진리대마교 대종사 천시영이 창안한 마공을 이진혁이 개량한 것.

[진리대마공—개] S++ 랭크 세부 효과

[진리마신—개][패시브] 모든 기본 능력치가 상승한다.

—S++랭크 보너스 능력치 +50%

[진리마심—개][패시브] 마력이 상승한다.

—S++랭크 보너스 마력 +99

[숨겨진 옵션]

[진리대주천]: 집중력을 발휘하여 진리대마공의 수련에만 몰두한다. 수련 중 마력 능력치가 축적되며, 생명력과 마나를 빠른 속도로 회복한다. 걸려 있는 상태이상이 있다면 가벼운 것부터 하나씩 차례차례 해제된다.

[주의!] 진리대주천 중 공격받으면 [주화입마]의 가능성이 있다.

—현재 축적된 마력 99+

[진리의 극]: 무술 수련자들이 흔히 말하는 [화경]의 경지를 초월한, 진리대마공 수련자들만이 도달할 수 있는 지고의 경지. 신체가 마력을 다루기에 가장 적합한 형태로 변화해, 숨만 쉬어도 마나를 회복할 수 있게 된다.

[진리초극]: [진리의 극]의 경지를 한 단계 더 초월한 초극의 경지. 진리의 마력을 빛과 생명력으로도 치환할 수 있게 되며, 숨만 쉬어도 생명력과 체력을 회복할 수 있게 된다.

[진리활화]: 진리대마공의 마력을 활성화하여 즉시 모든 피해와 상태이상을 무효화한다. 진리활화가 [진리마신]의 보너스를 3배로 증가시키고 체력을 무제한적으로 회복하며 불 속성 스킬과 전기 속성 스킬의 효과를 3레벨 증폭시킨다. 활성화의 유효 시간은 진리대마공의 랭크와 그동안 축적된 마력의 양과 비례한다.

—현재 활성화 가능 시간: 1,800초

—[진리불사]: 진리활화 발동 중 빈사에 이르면 추가 발동. 진리활화의 남은 활성화 시간을 절반으로 줄이고 그 시간 동안 죽지 않는다.

[주의!] 진리불사가 끝난 후, 생명력이 1이 된다,

*   *   *

긴 스킬 설명이 보기만 해도 뿌듯하다.

진리대주천의 축적 마력 한계를 두 번이나 돌파한 결과, 스킬 이름 뒤에 접미사로 개가 붙고 등급이 전설에서 전설 유일로 오르며 스킬이 크게 변화했다.

진리마신과 진리마심에도 접미사로 개가 붙으면서 효과가 크게 상향되었고, 진리초극이라는 새로운 경지를 엶으로써 숨만 쉬어도 생명력, 체력, 마력을 모두 회복시킬 수 있게 되었다.

진리활화의 지속 시간이 1,800초로 늘어난 것도 고무적이다. 처음엔 3분 정도였는데 그때보다 10배가 되었다.

이걸로 끝난 게 아니다. 시스템 메시지를 확인해 보니, 스킬의 가능성을 새롭게 개척해 줬다면서 그 대가로 스킬 포인트를 200 정도 선물로 주었다.

받기 전에도 여전히 스킬 포인트가 999+긴 했지만, 스킬 승화가 잡아먹는 스킬 포인트 양이 양인지라 반가운 보상이다.

너무 큰 기쁨에 이야기가 좀 샜지만. 뭐 그거야 어쨌든.

방금 전에 시에니에가 말한 현상들의 원인이 바로 이 [진리대마공—개]임은 쉬이 짐작할 수 있었다.

진리의 마력에 빛과 생명의 속성이 부가되며 내 주변에서 식물이 잘 자라나게 되었고, 99를 초월한 지 한참 된 마력의 움직임을 느낀 괴물들은 날 알아서 피해 다닌 거겠지.

실제로 내가 대주천을 멈추자, 주변 호수에 독기가 스며들기 시작했다. 처음 왔을 땐 원래 이런 건 줄 알았는데, 이게 독기가 있는 상태였군. 내겐 큰 위협이 되지 않는지라 별 관심이 없었다.

시험 삼아 마력에 생명의 속성을 담아 뻗어보니 독기가 순식간에 정화되어 사라지는 것이 보였다. 아마 저 독기에는 죽음의 속성이 담겨 있는 모양이었다.

"신이시여! 신이시여!!"

내가 생명의 마력을 뿜어내는 것을 본 세이렌들이 다시 내게 절을 하기 시작했지만, 나는 무시하고 시에니에에게 말을 걸었다.

"괴물들이 어디 있는지 보고 싶군."

물론 신으로 받들어졌다고 기고만장해서 바로 괴물 처치에 나서겠다는 것은 아니다. 만약 그 괴물이란 게 필드 보스급이라면 처치한 즉시 인퀴지터가 날아올 테니. 지금 하려는 건 그냥 가벼운 정찰이다.

하지만 내 말을 무슨 의미로 받아들였는지 세이렌들은 울고 소리 지르고 난리가 났다.

"신이시여! 저희를 구원하소서!"

"구원해 주소서!!"

이거 아무래도 괴물 처치를 안 하겠다고 하면 우호도가 깎일 분위기지. 이미 이들의 우호도는 천장을 뚫었고, 신앙심으로 치환되고 있는 상태니 가급적이면 그런 사태는 피하고 싶다.

뭐, 신앙 점수 5점보다야 내 목숨이 훨씬 소중하지만.

[1UP 코인]을 세 개 소유하고 있다 한들, 목숨이 아까운 것에는 변함이 없다.

하긴 고작 내가 대주천을 돌리고 있다는 이유만으로 이 지역으로의 접근조차 꺼리는 괴물이 필드 보스일 리는 없을 것 같지만. 만약의 경우를 생각해 봤을 뿐이다.

"안내하라."

"네, 신이시여!"

이진혁이라니까…….

*　　　*　　　*

시에니에는 적당한 거리를 두고 돌려보냈다. 시에니에는 나에 대한 신앙심과 괴물에 대한 공포 사이에서 방황하다가 내 명령이 떨어지자 안도 섞인 한숨을 내쉬고 돌아갔다.

"다행히 필드 보스는 아니군."

나는 호수 아래 보이는 커다란 그림자를 바라보며 혼잣말을 흘렸다.

[돌발 퀘스트]

─의뢰인: 크리스티나

─분류: 토벌

—난이도: 보통

—임무 내용: 시독 장어를 토벌하라!

—보상: 장어 한 마리당 기여도 50, 금화 50

시독 장어. 그것이 퀘스트가 알려주는 이 괴물의 정체였다. 게다가 보이는 것과 달리 한두 마리가 아닌 듯한데……. 뭐, 별일이야 없겠지. 내 직감도 이 장어들이 내게 전혀 위협이 되지 않음을 알려주고 있었다.

그건 그렇고, 왜 이렇게 보상이 짜지? 아, 그렇지. 부스터가 끊겼군. 한 달이나 진리대주천을 돌리고 있었으니 당연하다. 그럼 부스터를 다시 사야… 하는데.

나는 조금 전에 링링이 보여준 차가운 태도에 대해 생각해 냈다. 일단은 쟤가 왜 저러는지 좀 알고 싶다는 생각에, 나는 부스터 구입을 잠시 미루고 크리스티나를 불러냈다.

—오랜만이에요, 영웅님!

크리스티나는 평소와 다름없었다. 뭐, 한 달 만에 보는 거니 평소와 다름없다는 말은 조금 어폐가 있을지 모르지만. 그거야 뭐 어쨌든

—한 달 동안 폐관 수련을 하신다고 들었는데, 두 달 이상 자리를 비우실 줄은 몰랐어요. 그래도 이번엔 사전에 말씀을 주신 덕에 혼란이 빚어지는 일은 없었지만요.

"폐관 수련? 어, 어. 맞아. 그거. 그런데… 두 달?"

—네. 정확히는 72일 만이에요. 기왕이면 전담 프로듀서인 제게 언질을 주셨으면 했는데, 제가 자릴 비우고 있는 사이였으니 어쩔 수 없었죠? 그래도 주리 리에게 전해 듣는 건 좀 그렇더라고요.

아, 그랬군.

나는 뒤늦게 링링이 왜 그렇게 화가 났는지 깨달았다. 답은 방금 크리스티나가 알려준 것과 같다. 자기한테 한마디도 안 하고 자리를 비운 것에 삐친 거다.

귀여운 것.

—어, 갑자기 왜 웃으세요?

"아니, 귀여워서."

—물론 제가 좀 귀엽긴 하죠.

이런 뻔뻔한 녀석.

"그보다 이번 인퀴지터 처치에 대한 보상은 어떻게 됐어?"

—아, 맞다. 축하드립니다, 영웅님! 영웅님께서는 이번에 전쟁 영웅 훈장을 수훈받으시게 되었답니다!

호들갑을 떠는 크리스티나에게, 나는 심드렁한 대꾸를 돌려주었다.

"그건 이미 두 개나 받은 것 같은데."

—전투 영웅이 아니라 전쟁 영웅 훈장이에요! 한 등급 더 높은 훈장이죠. 국지전이 아닌 전쟁 국면에 큰 공을 세운 영웅만이 받을 수 있는 훈장이랍니다.

아, 그렇군. 전투와 전쟁의 차이인가. 그런데 전쟁이라니?

"난 전쟁에 참여한 기억이 없는데?"

―전면전에는 참전하신 적이 없을지 몰라도 그 공은 인류연맹의 전략에 영향을 끼칠 정도였으니 전쟁 영웅 훈장을 수훈받기에 충분해요!

뭐, 더 좋은 걸 준다는 데 굳이 거부할 이유도 없었다.

[인류연맹 전쟁 영웅 훈장]

―분류: 훈장(Medal)

―등급: 특별(Special)

―내구도: 5/5

―옵션: 위엄 +50, 장착 시 인류연맹 소속 연맹원을 대상으로 우호도 +200.

―설명: 인류연맹에서 위대한 전공을 세운 영웅에게만 수여하는 훈장.

한 등급 더 높은 훈장이라더니, 전투 영웅 훈장에 비해 옵션이 배가 되었다. 비록 내구도는 그대로라서 도저히 전투 시에 착용할 수 없는 건 그대로였지만 말이다.

―그리고 포상으로 금화 일만 개, 기여도 10,000, 레전드 스킬 추첨권 1매, 유니크 스킬 추첨권 2매와 슈퍼 레어 스킬 강화권 5매, 능력치 강화 주사위 20면체 1개, 10면체 2개, 6면

체 5개, 4면체 10개, 마이스터급 투구와 전투 장갑, 전투 부츠 맞춤권이 주어집니다!

"꽤 푸짐하군."

―전쟁 영웅 훈장의 포상이니까요!

크리스티나는 활짝 웃으며 대꾸했다.

―이걸로 끝이 아니에요. 그란데 마에스트로의 지휘에 의한 5성 명곡 자동 연주 악보도 부상으로 주어진답니다.

"자동 연주 악보라. 악보를 펼치면 자동으로 연주가 되는 건가?"

―정확해요!

아무래도 CDP나 MP3P 같은 것인 모양이다. 스마트폰이 나오면서 다 멸종해 버렸지만.

"그런데 이번엔 5성 요리 시식권은 없어?"

특성으로 미식의 길을 새로 얻은지라 시식권이 갖는 가치가 꽤 뛰어올랐다. 자동 연주 악보는 반환해도 되니 시식권으로 바꿔달라고 하고 싶을 정도로.

―아, 그건 저도 추진했는데 실패했어요. 영웅님께서 아직 시식권을 안 쓰고 가지고 계시다는 게 반대파의 논거가 되어 버리니 저도 어쩔 수 없더라고요. 전에 말씀드렸다시피 5성 요리 시식권은 연맹의 높으신 분들도 서로 얻으려고 경쟁하는지라 쉽지 않았어요.

반대파라. 반대파가 있는 건가. 하긴 있겠지. 인류니까. 아무튼 아쉽게 됐다.

"…얼른 써버릴 걸 그랬군."

─뭐 그러셨더라도 가능성은 반반이었을 테지만요. 지난번
엔 영웅님이 돌아가셨을지도 모른다는 전제하에 좀 막 퍼준
느낌이 있었거든요.

그건 그랬다. 처음 받았던 것에 비해 확실히 포상이 화려해
졌었으니. 슈퍼 레어 스킬 선택권이 유니크 스킬 추첨권으로
바뀌었다든가, 뭐 그랬었지.

─그리고 그란데 마에스트로의 자동 연주 악보도 꽤 대단
한 물건이라고요! 대단한 쪽은 자동 연주 쪽이 아니라 그란데
마에스트로 쪽이지만요! 이쪽도 예약이 밀려 있는 걸 억지로
뜯어 왔다고요.

내 반응이 심드렁한 걸 느낀 건지, 크리스티나가 툴툴거리
며 설명해 줬다.

"뭐, 버프라도 주나?"

─네, 악곡에 따라 다르지만요.

"어, 진짜?"

─그것도 보통 버프가 아니에요. 무려 그란데 마에스트로
의 연주가 빚어내는 버프라고요!

그렇게 말해도 난 잘 모르겠다.

"하긴 한 분야에서 대명장이라는 소릴 들을 정도라면 정말
대단하겠지."

―그렇다니까요! 저도 들어본 적은 없지만요. 헤헤.

너도 잘 모르는 거냐……

―어쨌든 분명 대단할 거예요.

"그래, 그렇겠지."

나는 더 이상 크리스티나를 핍박하지 않기로 마음먹었다. 의외로 정말로 그런데 마에스트로의 5성 악보가 대단할지도 모르고. 더군다나 이 악보를 제외하고도 얻어 온 게 대단하다.

레전드 스킬을 얻으려면 적지 않은 스킬과 스킬 포인트를 지불하고 초융합을 해야 하는데 이걸 그냥 얻을 수 있게 된 거니 이 이점은 결코 5성 요리 시식권에 뒤지지 않는다.

―게다가 지난번에 교섭을 잘한 덕에 이번에는 레전드 스킬 선택권을 뜯어 왔으니 성공적이었지 않나요. 전쟁 영웅 훈장의 포상이 전투 영웅 훈장의 포상보다 급이 떨어질 수 없다는 논리로 의원들을 설득시켰더니 어떻게든 됐어요!

자, 칭찬해 주세요!!

크리스티나는 그런 주장이 가득 묻어나는 표정을 짓고 있었기에, 나로서도 표정을 풀고 칭찬할 수밖에 없었다.

"잘했다, 크리스티나. 고마워."

―헤헤헤.

크리스티나도 표정을 풀고 쑥스러운 듯 웃었다.

―그러고 보니 기여도가 5만을 넘기셨더군요.

"응, 방금 전에."

포상으로 받은 기여도 1만 덕에 그렇게 됐다.

―이로써 영웅님은 연맹 지휘관에서 연맹 중급 지휘관으로 진급하시게 됐어요! 상점에서 더 다양한 상품을 구매하실 수 있게 되는 것은 물론, 직업소개소에서 더 뛰어난 그림자 용병을 더 많이 고용하실 수 있게 되었답니다!

"그건 좋은 소식이군."

지휘관 다음이 중급 지휘관이라니, 그냥 지휘관은 역시 하급 지휘관이었단 소리네. 뭐, 나야 이미 진급했으니 딱히 태클 걸 마음은 들지 않지만 말이다.

그냥 지휘관일 때는 1차 직업의 20레벨까지밖에 소환하지 못한 탓에 수련 상대로만 쓸 수 있었지만, 이번 진급으로 적어도 2차 직업의 그림자 용병을 소환할 수 있게 됐을 테니 실질적인 전력으로 활용할 수 있게 될지도 모른다.

―아, 그리고 영웅님께서 꾸준히 탐사를 해주신 덕에, 계신 곳이 어딘지 대략적으로 파악이 되었답니다. 다만 아직 확실한 건 아니라서, 아무래도 조금만 더 탐사를 수행해 주신다면 확실해질 것 같다고 하네요.

"좌표가 확실해지면 직접적인 지원이 가능해진다고 했었지."

―네! 영웅님을 연맹으로 초대드릴 수도 있게 되고요!!

교단에 의해 문명이 소멸했던 곳만 다니다 보니, 나로서도 문명의 이기에 많이 굶주려 있다. 게다가 여긴 거의 확실히 적지다 보니 긴장도 풀 수 없고. 단적인 예로, 이 세계에 온 뒤로 바닥에 등 붙이고 잔 적이 없다.

그런 사정인 탓에 연맹으로의 초대는 내게도 꽤 매력적으로 여겨졌다.

물론 지원군의 파견도 내겐 중요한 요소다. 지금처럼 교단의 눈을 피해 움직이는 것도 어디까지나 전력 부족 때문이었으니까. 그렇다고 전면전을 하자는 건 아니지만.

"열심히 해야겠군."

─힘내세요!

크리스티나에게 응원을 받고, 나는 그녀를 돌려보냈다.

"자, 그럼."

내게 잔뜩 삐친 링링을 불러보기로 했다. 기본적으로는 기간이 끊긴 부스터를 다시 사기 위해서지만, 다른 목적도 있다.

"화를 내는 이유를 알았으니, 어떻게든 달랠 수 있겠지."

나는 그렇게 생각했다.

Chapter 3

　나는 상점에서 15일짜리 경험치, 골드, 기여도 부스터를 구매했다.

　링링을 달래는 데는 어떻게든 성공했다는 말만을 남기고 싶다. 진짜 성공하긴 한 건가 싶긴 하지만, 아무튼 나는 성공했다고 믿고 있다.

　아무튼 부스터까지 질렀으니 이제부터 할 일은 하나뿐이다.

　"나는 한다, 사냥을!"

　굳이 도치법까지 써가며 혼잣말을 한 이유는 딱히 없다.

　잡아야 할 시독 장어는 대형이었기에, 내 레전드급 유물 무기인 [천자총통]의 무기 스킬 [대장군전 사격]이 매우 잘 통할 것이다. 그래서 나는 천자총통을 꺼내서 쏴대기 시작했다.

쾅!

대장군전은 어뢰처럼 물속을 가로질러 시독 장어에게 적중했다. 대장군전을 맞은 시독 장어는 번개라도 맞은 듯 격렬하게 꿈틀거리다가 곧 움직임을 멈추고 물 위에 떠올랐다.

일격필살인가. 하긴 마력도 올랐는데 강적도 아닌 시독 장어를 한 발에 못 잡는 게 더 이상한 건지도 모른다.

나는 계속해서 대장군전을 쏴댔다.

시독 장어들은 감히 내게 덤빌 생각조차 못 한 채 도망치기 바빴다. 그리고 나는 사거리 내의 시독 장어들을 다 처치하고 자리를 옮겨 계속해서 처치했다.

"흐음……."

아무런 위기도 없는 게, 소리야 시끄럽지만 내 입장에선 안온하게 낚시를 즐기는 것 같은 기분이다.

쾅!

"후… 크게 재미는 없군."

차라리 진짜 낚시였다면 손맛이라도 느껴볼 텐데, 그런 것도 없으니 크게 흥미를 느낄 만한 거리가 없었다. 뭐, 대장군전을 쏠 때마다 느껴지는 반동이 손맛이라면 손맛일까? 아니, 역시 그렇지는 않다.

그렇게 별다른 감동도 감흥도 아무것도 없이 장어 사냥을 하고 있던 차였다.

"……!"

어느 순간, 직감이 반응했다.

*　　　　*　　　　*

작은 방.

본래 네 인퀴지터가 둘러앉아 포커를 치고 있던 테이블에는 트럼프 카드가 흩어져 있을 뿐, 사람의 모습은 보이지 않는다.

영원히 침묵만 이어질 것만 같던 그 방에, 포탈이 열린 것은 이진혁이 막 새로운 경지에 들어설 때쯤의 일이었다.

포탈을 통해 방 안으로 들어온 사람의 수는 둘. 하나는 여자, 하나는 남자였다.

둘 모두 인간이 아니었다.

"…아무도 없군."

"교단의 감찰에 응하기 싫어 도주한 건지도 모르죠. 어차피 범죄자들이니까."

남자의 혼잣말에, 여자가 날카롭게 대꾸했다. 그 직후, 불퉁스러운 혼잣말이 이어졌다.

"내가 왜 이런 변경까지 출장을……."

"그것이 교단 감찰관, 인스펙터의 일이기 때문이다."

남자는 여자에게 딱딱한 어조로 지적했다.

"일을 해라."

"아, 알았어요. 선배."

여자는 테이블에 널린 카드 더미를 손으로 밀어 치워 버린 후, 사각형 테이블의 상판을 45도 회전시켰다. 그러자 드러난 하판에 금으로 새겨진 기묘한 문양이 보였다. 여자는 그 문양에 손을 가져다 대고, 눈을 감고 집중하는 듯했다.

"어때?"

여자가 눈을 뜨자, 남자가 물었다.

"아무도 없어요."

"아무도?"

남자의 짙은 눈썹이 꿈틀거렸다.

"네. 이 사무실 소속이던 인퀴지터 네 명 모두. 각자의 지역에 부재한 건 물론 주변 지역에도 모습을 드러내지 않는군요. 부름에도 응하지 않고……."

"도주한 건가?"

남자 또한 범죄자 출신인 인퀴지터의 충성심을 믿지는 않는 것 같았다. 가장 먼저 입에 올린 말이 도주했을 가능성에 대한 것이었으니.

그리고 그러한 남자의 말에 여자도 고개를 끄덕였다.

"가능성은 있어요."

"가능성이 있다고?"

"네. C지역의 차원 결계가 파손되어 있어요. 도망쳤다면 아마 그 방향이겠죠."

차원 결계. 인퀴지터들은 '방충망'이라 부른 물건이다.

"역시 범죄자 출신이라 한계가 명확하네요."

여자가 씹어뱉듯 말하자, 남자는 자신의 턱수염에 손가락을 가져다 댔다.

"다른 가능성은?"

"다른 가능성이라뇨?"

"살해당했다거나, 적의 회유에 넘어갔다거나."

남자의 말에 여자는 약간 생각하다 이렇게 대답했다.

"으음. 개인적으로는 그럴 가능성이 없다고 생각하고 있지만, 저는 책임지기 싫으니까 말 안 할래요."

"그럼 지금 떠든 건 뭐지?"

"독백이에요."

뻔뻔한 여자의 대답을 듣곤, 남자는 헛웃음을 터뜨렸다.

"그런가."

"네."

"그렇군."

남자는 곰곰이 생각에 잠겼고, 그 시간이 길어질 걸 안 여자는 의자 하나를 끌어다 다리를 꼬고 앉았다. 여자가 지루함에 질려 트럼프 카드를 모아 셔플한 후 테이블 중앙에 놓고 맨 위의 다섯 장을 집어 들자, 그제야 남자는 고개를 들어 올렸다.

"인스펙터 안젤라. 너는 이 지역을 탐색해 봐라."

"선배는요?"

"나는 가능성이 높은 쪽을 알아보지."

"흐응."

안젤라라 불린 여자는 카드를 놓고 의자에서 일어섰다.

"만약 잘 숨어 있던 놈들을 발견한다면… 죽여 버려도 되죠?"

"인스펙터의 소집에 응하지 않았잖나."

"알았어요."

미소를 지으며 대답한 안젤라는 자신이 집은 카드 다섯 장을 뒤집었다.

로열 스트레이트 플러시였다.

*   *   *

"이런."

나는 혀를 찼다.

"필드 보스로군."

녀석이 필드 보스인 걸 안 건 당연히 퀘스트의 설명문 덕이었다.

[퀘스트]

─의뢰인: 크리스티나

─종류: 토벌

─난이도: 매우 위험!

─임무 내용: 호수의 주인 거대 메기를 처치하라!

─보상: 금화 3,000개(+100%), 기여도 3,000(+100%), 직업 경험치 3,000(+100%)

사실 퀘스트 내용을 안 읽어봤더라도 거의 향유고래를 연상하게 만드는 저 크기를 보면 바로 직감이 오긴 했지만 말이다.

메기 주제에 뭘 먹고 저렇게 커졌지? 이 호수에서 저 몸 크기를 유지하는 게 가능하긴 한 건가? 그런 의문이 자동적으로 따라붙었지만 생각해 봐야 답이 나올 리 없다. 뭐, 이걸 배치해 놓은 교단에서 수작을 벌여놨던지 하는 거겠지. 그런 추측을 할 수 있을 뿐이다.

어쨌든 그냥 크기만 큰 녀석인 건 아닌 것 같았다. 퀘스트 보상이 상당히 괜찮으니까. 꽤 강력한 녀석이라고 보는 게 맞을 터.

하지만 보상이 괜찮다고 지금 당장 교전할 수는 없다. 저놈을 처치하고 나면 매우 높은 확률로 인퀴지터가 날아올 테니까.

물론 지금의 내 스펙으로 인퀴지터 한둘쯤 상대하는 건 큰 문제가 안 되지만 만약의 경우를 생각해야 했다.

　나는 이미 인퀴지터를 넷이나 처치했다. 그런데 이번에도 과연 교단에서 정직하게 인퀴지터를 한두 명 파견하고 말까? 내가 교단 소속이라면 그런 멍청한 짓은 안 한다. 적어도 넷, 아니면 인퀴지터보다 더 강력한 존재를 파견하겠지.

　그렇다 보니 나로서도 동원할 수 있는 모든 수단을 다해 내 전력을 만전의 상태로 끌어 올린 후에나 저 필드 보스, 거대 메기를 건드려야 했다.

　앞으로 나대지 말자고 굳게 다짐한 지 얼마나 지났다고. 이런 데서 나댈 순 없지.

　"다음에 다시 보자."

　찬장 위에 놓인 맛있는 과자를 그냥 두고 돌아서는 느낌으로, 나는 입맛을 한 번 다신 후 [섬전 신속]을 사용해 전장을 이탈했다.

　　　　＊　　　　＊　　　　＊

　필드 보스인 거대 메기와 조우했다고 내 사냥이 끝난 건 아니었다. 나는 메기와 거리를 벌리고 장어를 계속해서 사냥했다.

　내가 장어를 사냥하는 동안 메기는 계속해서 날 쫓아다녔다. 장어 사냥에는 메기와 조우하기 전보다 손이 더 가긴 했지만, 재미로 따지자면 이쪽이 더 재밌었기에 난 큰 불만을 느끼지 않았다.

그렇게 사냥을 하면서 알게 된 건, 물 위에서 보자면 여러 개의 호수로 구성된 것 같은 이 호수 지역이 의외로 하나로 이어져 있다는 사실이었다.

아마도 수중에 연결 통로 같은 게 뚫려 있거나 한 모양이었다. 장어들이 도망치는 경로와 메기가 날 쫓아오는 경로를 보면 그걸 알 수 있었다.

안 그래도 간혹 메기는 물 위에 나와 땅 위를 펄떡펄떡 뛰어다니며 날 추격하려고 하긴 했지만, 그런 메기를 따돌리는 건 하늘을 날 수도 있는 내겐 별로 어려운 일이 아니었다.

아예 메기를 유인해서 뭍으로 올려볼까 시도도 했지만, 메기의 지능이 그렇게 낮지는 않은지 어느 정도 물가에서 떨어지면 바로 돌아가 버렸다.

어쨌든 메기도 내게 충분히 위협적인 적이다. 가지고 놀 만한 대상은 아닌지라, 나도 장난을 심하게 칠 수는 없었다.

그렇게 메기와 실랑이를 하면서 대장군전 사격을 반복하다 보니, 어느새 적어도 내가 위치를 파악할 수 있는 장어는 모조리 잡아냈다.

진흙 속에 파묻혀 몸을 숨긴 장어도 없진 않겠지만, 그런 장어까지 끄집어내 사냥하기엔 메기의 존재가 껄끄러웠다.

나머지는 다음에 할까. 벌기도 충분히 벌었고.

―퀘스트 완료! 보상을 지급합니다. 인벤토리를 확인하십시오.
―금화 12,700개(+100%), 기여도 12,700(+100%)

내 벌이가 꽤 좋아졌다곤 하나 금화 1만 개는 여전히 적지 않은 수입이다. 슈퍼 레어 스킬 하나가 대충 잡아 금화 2만 개 정도니, 이걸로 4개 정도는 살 돈이 모였다.

"이 이상 모으고 있을 이유도 없겠지."

오히려 너무 오래 모으고만 있었다는 생각이 들 정도다.

"이제 돈 좀 쓸 때가 됐어."

나는 메기를 완전히 따돌린 후, 적당한 안전지대를 찾아 내려앉았다.

세이렌들이 있던 곳으로 돌아갈까도 생각해 봤지만, 그럴 이유는 없을 것 같았다. 낮은 확률이긴 하지만 혹시나 메기가 내 냄새를 따라온다거나 하면 세이렌들이 위험에 빠지기도 할 것이고, 인퀴지터가 그들의 존재를 인지할 가능성도 생각해야 하니까.

뭐, 독을 퍼뜨리는 원흉인 시독 장어도 대부분 사냥해 놨으니 알아서 살아가겠지.

나는 남은 잔여 미배분 능력치를 모조리 행운에 몰아주었다.

쇼핑을 하기 전에 레전드 스킬 추첨권과 유니크 스킬 추첨권을 돌리기도 해야 하니 행운이 필요하다. 더욱이 어차피 달리 투자할 곳도 없다. 마력을 포함해 모든 능력치가 99+라 더 이상 미배분 능력치를 투자해 성장하는 것도 불가능하니 말이다.

미배분 능력치를 마저 다 몰아주고 나니 행운도 99가 되어 더 이상 투자할 수 없게 되었다. 그동안 굴린 능력치 주사위로 랜덤하게 올라간 덕이었다.

여기에 벨트에 달린 행운 +10 보너스를 받아 능력치의 표기 자체는 99+가 되었다. 표기만 이럴 뿐 오버된 능력치로 다 제대로 적용된다는 걸 경험으로 아는 난 여기에서 멈출 생각이 없었다.

나는 인벤토리의 우편함에서 마이스터제 장신구 세트를 꺼냈다. 대주천을 돌리느라 시간이 두 달이나 지난 터라, 당연하다는 듯 우편함에 도착해 있었다.

[행운의 엄지용 반지]
─분류: 장신구(Accessory)
─등급: 제작, 마이스터(Meister)
─내구도: 10/10
─옵션: 행운 +5, [공명]
─[공명]은 동 제작자의 장신구와 반응해 추가 보너스를 얻습니

다. 핑거 스냅을 할 경우 발동합니다.

겉보기에는 밋밋한 은반지처럼 보이지만, 반지 안쪽에는 정밀한 세공으로 새겨진 기묘한 문양이 빛을 발하고 있었다.

이것 외에도 같은 디자인의 [행운의 검지용 반지], [행운의 중지용 반지], [행운의 약지용 반지], [행운의 소지용 반지]가 주르륵 딸려왔다. 전부 행운 +5, [공명]의 옵션을 지닌 반지들이다. 다섯 개의 반지들을 왼손에 주르륵 끼니까 이것만으로도 꽤 묵직하다.

"자, 그럼 해볼까?"

손가락을 퉁겨 소리를 내자, 반지들이 웅웅거리는 소리를 내며 은은한 보랏빛을 발하기 시작했다. [공명] 옵션이 발동한 것이다.

[공명 ─ 행운 증폭]: 5분간 행운이 20% 상승한다.

* * *

굉장히 단순한 기능의 장신구지만, 이게 내가 딱 원하던 거다. 그냥 자체 효과로도 행운이 25나 증가하면서, 내 본신의 행운까지 증폭시켜 주는 액티브 옵션이 추가적으로 달린 구성.

공명의 효과가 반짝반짝거려서 좀 눈에 띄는 게 단점이긴 하다. 이 보랏빛을 보고도 내게 내기를 거는 멍청이는 없을 테니까.

"자, 그럼 주사위를 굴려볼까?"

언제나 그렇듯 능력치 주사위를 굴려서 행운 보정을 걸려고 했는데, 이 과정에서 생각지도 못한 또 다른 단점이 드러나고 말았다. 아무리 주사위를 굴려도 최고 숫자밖에 나오지 않는 것이 바로 그것이었다.

이래서야 주사위를 굴려 행운을 리셋하는 미신을 쓸 수가 없다. 뭐, 어차피 미신일 뿐이고. 기분 문제라 치명적인 단점이라 하긴 어려웠지만 말이다.

여하튼 이걸로 행운 보정은 끝났다.

방금 전에 돈 좀 쓸 때가 됐다고 하긴 했지만, 실제로 쇼핑을 시작하는 건 나중 일이 될 것이다. 레전드 스킬 추첨권과 유니크 스킬 추첨권부터 돌려봐야 하니까. 그리고 그것들과 같은 계열의 슈퍼 레어 스킬을 사서 합성이나 융합, 승화 등을 해볼 생각이다.

나는 다시 한번 핑거 스냅을 해 공명을 일으켰다. 그리고 인벤토리에서 레전드 스킬 추첨권과 유니크 스킬 추첨권 2매를 한꺼번에 써버렸다.

자, 뭐가 나올지 기대되는군.

[구십구양신공]

—등급: 전설(Legend)

—숙련도: 연습 랭크

—효과: 무림 정파를 일통한 무학대사가 등선을 미루면서까지 99년에 걸친 수련 끝에 완성한 신공. 그 누구도 제대로 익히는 것이 불가능했으나, 그 편린을 이해하는 것만으로도 무림 제패는 어렵지 않다 일컬어진다.

[그림자 분신—염멸]

—등급: 고유(Unique)

—숙련도: 연습 랭크

—효과: 그림자 분신을 생성한 후 분신을 자폭시킨다.

[태양일지섬]

—등급: 고유(Unique)

—숙련도: 연습 랭크

—효과: 극양의 기운을 담은 지법.

아니… 내 행운은 99+를 넘겼는데 왜 추첨으로 나온 스킬 상태가 이렇지?

이미 진리대마공으로 인해 마력을 다루는 쪽으로 성장 방향을 정한 내게 무공 계열 스킬은 그림의 떡이다. 그런데 셋 중 2개가 무공 스킬이고 하나는 무려 레전드 스킬이라니. 내가 투덜댈 만도 하지 않은가?

하지만 그 투덜거림도 곧 멈췄다.

―동일 계열 스킬을 3개 이상 소유하고 있습니다.

―[진리대마공―개], [구십구양신공], [섬전 신속], [태양일지섬]

―스킬 초융합이 가능합니다. 융합하시겠습니까?

[주의!] 융합에 사용한 스킬은 다시 얻을 수 없습니다.

"…마력을 다뤄도 마공은 마공이라는 건가."

진리대마공과 다른 두 무공 스킬이 같은 계열 스킬로 판정된다면 이야기가 조금 달라진다. 이미 레전드리 유니크 스킬이 되어버린 [진리대마공―개]를 업그레이드할 방법은 스킬 초융합뿐이니까.

"아니지."

융합 말고도 방법은 있다. 바로 승화 말이다. 여기다 같은 계열 스킬 하나만 더하면 되니, 크게 어렵진 않을 것이다.

물론 승화까지 시켜 버리면 진리대마공이 신화급 스킬이 되어버려 사용에 제한이 찾아올 수 있다는 점이 걸린다. 내 신성 점수가 높은 편은 아니라서 경시할 수 없는 문제다. 이 문제점까지 고려한다면 사실상은 초융합까지가 한계인 셈이 된다.

그 시점에서 나는 또 다른 가능성 하나를 떠올릴 수밖에 없게 되었다.

만약 초융합으로도 진리대마공—개가 신화급 스킬로 업그레이드된다면?

충분히 가능성이 있는 이야기다. 진리대마공—개는 이미 레전드리 유니크고, 그 위로는 신화급밖에 남지 않았기 때문이다.

"끄응."

지금 내 주력 중에 주력 스킬이 진리대마공—개이다. 이걸 버리고 신화급으로 올리는 건 별로 좋은 생각이라고 할 수 없었다. 게다가 섬전 신속도 사용률로만 치면 버리기 아까운 스킬이고.

"지금 내 신성이 어떻게 되지?"

신성: 30/30

두 달 동안 눈 감고 있었더니 사용한 신성이 모두 채워진 것은 물론 예전보다 최대치가 올라가 있기까지 했다.

드워프를 비롯한 이진혁교는 지금도 잘 살아서 내게 신앙점수를 공급해 주고 있었고, 그게 신성으로 치환된 덕택이었다. 세이렌들로부터 신앙 5를 얻은 덕인지 내 계산보다 더 많은 신성이 쌓여 있었다.

뭐 좋은 게 좋은 거지.

"…하나쯤은 더 익혀도 괜찮겠군."

신화급 스킬 말이다. 이미 얻은 [뇌신의 징벌]과 [기아스]는 각각 5씩의 신성을 소모하니, 쿨을 돌릴 걸 생각해도 하나쯤은 더 익혀도 무방하다.

"하지만 그게 진리대마공은 안 되겠어."

당분간은 진리대마공을 그냥 놔둬야겠다는 생각이 먼저 들었다. 초융합이나 승화 정도 되면 재료가 된 스킬의 흔적이 거의 사라지게 되는데, 지금껏 개방한 진리대마공의 옵션들은 하나하나가 다 버리기 아까운 것들뿐이다.

"그럼 이쪽이지."

나는 [그림자 분신—염멸] 쪽을 돌아보았다.

─동일 계열 스킬을 2개 이상 소유하고 있습니다.

─[그림자 분신—염멸], [자폭]

─동일 계열 스킬은 서로 합성시킬 수 있습니다. 합성하시겠습니까?

[주의!] 합성에 사용한 스킬은 다시 얻을 수 없습니다.

[그림자 분신—염멸]은 분신을 보내어 자폭시키는, 엄밀히

말하면 자폭도 아닌 스킬이지만 용케도 자폭과 같은 계열로 분류된 모양이다. 내가 [1UP 코인]을 몇 개 갖고 있긴 하지만 [자폭] 스킬은 쓸 생각도 랭크를 올릴 생각도 없으니 그냥 합성용 재료로 쓰는 게 옳다.

그리고 기왕이면 합성보단 융합, 융합보단 초융합, 초융합보다는 승화다.

아까 계산해 봤듯이 신화급 스킬을 하나쯤은 더 마련할 만한 신성이 쌓였으니 승화도 염두에 두는 게 맞았다.

자폭이랑 같은 계열 스킬이 또 뭐가 있을까? 나는 일전에 본 슈퍼 레어 스킬의 목록을 떠올렸다. 하지만 아무리 떠올려 봐도 그런 건 없었다.

"차라리 그림자 분신과 비슷한 스킬을 찾는 게 더 빠르겠군."

한번 생각의 방향을 선회하니 떠올리는 건 금방이었다. 레어 스킬인 [분신]과 슈퍼 레어 스킬인 [자율 분신]이 바로 후보들이었다. 이 두 스킬을 추가로 얻는다면 이미 초융합의 조건을 만족시킬 수 있었다. 물론 실제로 얻어낸 후의 이야기가 되겠지만.

스킬만 산다고 다 되는 게 아니다. 강화에도 성공해야 하고, 숙련도 랭크도 미리 올려두는 것이 좋다. 신화급 스킬로까지 승화시킨다면 사용 시마다 신성을 지불해야 하므로 수련치를 채우는 것이 녹록지 않을 테니까.

다행히 나는 연맹 중급 지휘관으로 진급했기에 수련치를 쌓을 대상을 구하는 건 어렵지 않을 것이다. 보나 마나 B랭크에 또 등장할 강적 관련 수련치만이 걸림돌일 뿐.

어쨌든 나는 승화를 염두에 두고 있으니 적당한 스킬을 하나 더 생각해 내야 했다. 나는 또 낑낑거리며 생각에 잠겼다.

"슈퍼 레어 스킬 목록을 마지막으로 본 지 세 달은 넘어간 거 같은데, 용케 다 기억하고 있단 말이지."

그러면서도 나는 막간을 이용해 스스로에게 감탄했다.

하기야 뭐, 지금의 내게 스킬 목록은 꽤나 중요한 것이니 잊는 게 더 힘들다. 말하자면 초등학생 때 하던 게임에 나오는 몬스터의 이름과 특징을 모조리 암기하고 있는 것과 비슷하다고 할 수 있겠다.

"아, 이게 있었지."

하필이면 다른 생각을 하고 있을 때 번뜩하고 정답이 떠올랐다. 레어 스킬인 [데코이]. 이거라면 같은 레어 스킬인 분신의 용도와 비슷하니 같은 계열로 묶일지도 모른다. 뭐, 구입하기 전에 링링에게 물어보면 되겠지.

레벨 업 마스터를 인벤토리에서 꺼내 전원을 켠 나는 바로 상점창을 열었다.

"링링!"

*   *   *

링링은 기분이 굉장히 좋아져서 돌아갔다. 한때 내게 차가운 태도를 보였던 게 거짓말 같다. 사실 일전에 부스터를 사러 갔을 때도 그녀의 기분이 완전히 풀린 것 같아 보이지는 않았지만, 이제는 확실히 말할 수 있다.

뼛속부터 장사꾼인 링링에게 특효약은 백 마디 말보다 금화였던 모양이다.

그렇다고 금화를 그냥 준 건 아니고 매출을 좀 올려줬을 뿐이다. 슈퍼 레어 스킬인 자율 분신을 포함한 스킬들을 사면서 금화 3만 개 정도를 썼더니 생글생글 웃기 시작한 건 좀 웃겼지만 내색하지 않느라 고생 좀 했다.

어쨌든 이로써 필요한 파츠들을 모조리 구비했다.

─동일 계열 스킬을 5개 이상 소유하고 있습니다.

─[그림자 분신─염멸], [자폭], [자율 분신], [분신], [데코이]

─스킬 승화가 가능합니다. 실행하시겠습니까?

[주의!] 승화에 사용한 스킬은 다시 얻을 수 없습니다.

음, 좋다. 데코이도 분신과 같은 계열로 판정되어 승화 조건을 만족했다. 데코이는 돈 주고 산 게 아니라 지난번에 쓰고 남은 레어 스킬 교환권으로 습득했다. 링링은 나한테 물어봤으면 나한테 사야지 왜 교환권을 쓰느냐고 울부짖었지만 나는 듣지 않았다.

물론 이대로 승화시킬 생각은 없고, 스킬 하나를 골라 S랭크를 찍은 후 승화시킬 생각이다.

스킬 포인트 효율을 생각하면 레어 스킬인 분신이나 데코이의 수련치를 쌓는 게 좋겠지만, 나는 그냥 이번에 새로 산 [자율 분신]의 랭크를 올려보기로 했다.

[자율 분신]

―등급: 매우 희귀(Super Rare)

―숙련도: 연습 랭크

―효과: 자율적으로 판단하고 행동하는 분신 1체를 생성한다.

왜 이런 판단을 했냐면, 자율 분신이 비쌌기 때문이다. 금화를 3만 개 가까이 줬다. 비싼 돈 주고 샀는데 한 번도 안 써먹어 보는 건 억울하니까.

"얍, [자율 분신]!"

나는 굳이 입으로 스킬명을 소리 내어 발동하는 방식을 썼다. 안 그래도 되지만, 오늘은 그냥 그러고 싶은 기분이었다. 그러자 내 몸에서 그림자 용병 같은 온몸이 새까만 분신이 하나 뿅 하고 나타났다.

내 분신은 그 자리에 멀뚱거리고 서 있었다.

"자! 가위, 바위, 보!!"

그런 분신에게 난 대뜸 가위바위보를 걸었다. 분신은 당황하더니 보를 냈다. 내가 바위를 내는 걸 보고 보를 낸 모양인데, 나는 내는 도중에 가위로 바꿨기 때문에 내 승리다.

"역시 나보다 능력치가 많이 부족하군."

연습 랭크의 자율 분신으로 생성한 분신은 원본의 10%밖에 안 되는 능력치를 지녔다. 민첩이든 직감이든 나와 비견하기 미안할 정도란 소리다.

능력치야 기대도 안 했고, 내가 원한 건 자율 분신의 지능과 판단력이었다. 내 주먹을 보고 보를 내는 정도의 지능은 있는 모양이니 연습 랭크로선 합격점이다.

"좋아, 돌아가."

내 명령을 들은 분신은 그 자리에서 사라져 버렸다. 그렇게 세 번을 반복했더니 연습 랭크의 수련치가 완전히 차올랐기에, 나는 자율 분신을 F로 랭크 업 했다.

분신의 능력치는 15%. 랭크 업으로 인한 상승치는 미미하지만 내 기본 능력치가 워낙 높기에 적당한 상대를 대상으로 써먹기는 나쁘지 않으리라.

"[자율 분신]!"

나는 F랭크의 자율 분신을 불러내 이번에도 가위바위보를 걸어보았다. 그림자가 더 진해지긴 했지만, 지능과 판단력은 크게 바뀌지 않았다. 그나마 이번엔 보를 내기 직전에 손가락 몇 개를 반쯤 접긴 했으니 나아지고는 있는 것이리라.

"꽤 재밌는걸."

C랭크까지 올리니 이제 더 이상 그림자 같은 모습이 아니었고, 약간 흐릿하긴 하지만 확실히 내 모습을 재현해 낸 모습이 되었다. 이제 좀 분신 같은 느낌이 난다.

능력치 반영도 30%까지 올랐고 지능과 판단력도 확연히 올라, 내가 가위로 바꾸는 걸 보며 바위로 바꿔 내는 것이 자연스럽게 가능한 정도가 되었다. 물론 내 쪽은 보로 또 바꿔 가위바위보 자체는 내가 이겼지만.

C랭크부터는 자율 분신을 움직여 적을 공격하는 수련치가 생겼기 때문에 이 이상 분신을 썼다가 지우는 노가다만으로 랭크를 올릴 수는 없게 되었다.

사실 자율 분신의 생성에는 상당한 양의 체력을 소모한다. 나야 강건이 99+라 체력이 넘쳐나는 데다, 진리초극에 올라 숨만 쉬어도 체력이 차오르니 이런 노가다가 가능하지만 강건이 50 정도에 그친 평범한 플레이어라면 하나 불러내고 앓아 누울지도 모르겠다.

하긴 슈퍼 레어 스킬은 필살기에 가깝다. 나만 해도 튜토리얼에서 나와서 처음 배우는 슈퍼 레어 스킬이 [초절강타]였고, 체력 소모는 굉장했다. 그걸 감안하면 자율 분신의 이 정도 체력 소모는 당연한 걸지도 모른다.

"적을 공격하는 수련치는 그림자 용병을 불러내서 해결하면 되겠지."

그러고 보니 중급 지휘관으로 진급하면서 불러낼 수 있는 그림자 용병의 제한도 많이 풀렸다고 들었다. 그것도 확인해 볼 겸, 나는 레벨 업 마스터를 통해 주리 리를 불러내 보기로 했다.

"주리 리!"

*   *   *

─오랜만입니다, 영웅님.

주리 리는 내게 평소처럼 인사를 했다. 그러나 그것도 길지 않았다.

─…자리를 비우신 기간이 제게 말씀하신 기간보다 두 배나 더 길어져서 걱정을 좀 했습니다.

얼굴까지 붉게 물들이며 뭘 그렇게 망설이나 했더니, 이런 소릴 꺼냈다.

"어쩌다 보니 그렇게 됐어."

─그렇군요.

사담은 여기까지.

중급 지휘관이 된 덕에, 나는 그림자 용병을 2차 직업 20레벨까지 불러낼 수 있게 되었다. 이 정도면 내게도 강적이 될까 싶어, 나는 두근거림을 숨기지 않고 적당한 2차 직업 20레벨을 불러냈다.

─소환에는 시간당 기여도 200이 듭니다.

괜히 2차 직업이 아닌지, 소환에는 기여도가 1차 직업에 비해 10배나 들어갔다. 하긴 1차 직업 용병이 너무 싼 게 아닌가 싶었지. 어차피 기여도를 소모한다고 해도 일반 지휘관으로 강등당하는 것도 아닌데 사릴 것도 없었다.

"소환!"

내가 소환한 그림자 용병은 드래고니안 소드 마스터였다. 1차 직업인 검사는 그냥 칼을 휘두르는 직업이었는데, 소드 마스터쯤 되니 칼에서 오러를 뽑아내는 게 매우 멋있고 화려하다.

[후의 선]

그러나 공격의 경로가 다 보인다. 그것도 미래 예지 수준으로!

[막고 던지기]

오러가 실린 공격을 맨손으로 막을 수 있을까?

답은 있다, 이다.

물론 강건 능력치가 99+에 막고 던지기가 S랭크라면 말이다. 다른 사람의 경우는 내가 알 바가 아니다.

"좋아!"

[후의 선]의 강적 대상 수련치가 정상적으로 차오른다. 인류 연맹에서 평균 기본 능력치가 가장 높은 드래고니안 종족에 물리 공격 상위직인 소드 마스터의 조합. 강적으로 판정되지 않는 게 이상한 상대고, 실제로 강적으로 판정되었다.

이걸로 수련치 채우기에 고심할 이유는 많이 줄어들었다. 나는 희희낙락하며 그림자 용병과의 수련에 빠져들었다. 그림자 용병의 생명력이 줄어들면 [진리초극]의 마력으로 회복시켜 주면서. 1시간 만에 돌려보낼 생각 따윈 없다. 오래오래 써먹어야지.

히힛!

*   *   *

작은 방.

본래 이 지역의 관리자이자 인퀴지터였던 자들이 머물던 방이나, 지금은 텅 비어버린 방에 남자가 앉아 있다. 동료인 여자, 안젤라는 조사를 위해 바깥으로 내보냈지만 남자는 아직 남아 있었다.

남자는 안젤라가 비틀어 연 테이블을 조작해 작은 스크린 하나를 띄웠다.

장갑을 낀 상태로.

테이블에는 안젤라의 지문만이 남을 것이다.

"통신보안, 통신보안."

남자는 속삭이듯 중얼거렸다. 연신 주변을 두리번거리며 눈치를 보면서. 물론 이 주변에 아무도 없고, 이 방에 그 어떤 도청 장치도 없으며, 찾아올 사람이라곤 안젤라밖에 없다는 것을 이미 확인한 바였으나 그럼에도 남자는 긴장을 늦추지 않았다.

이 통신은 그만큼의 극비, 누구에게도 들켜선 안 되기 때문이다.

치지지직…….

통신이 연결되는 소리가 들렸으나, 반대쪽에서는 아무런 응답이 없었다.

"인스펙터, 카자크입니다."

인스펙터는 직위명, 카자크는 남자 자신의 이름이었다.

인스펙터 카자크가 자신의 정체를 밝히고 난 다음에도 지지직거리는 소리가 몇 번 더 난 후에야 스크린에는 어떤 존재의 모습이 떠올랐다.

통신 상태가 좋지 않은지 연신 지지직거리는 소리와 함께 스크린의 영상이 흐트러져 잘 보이지는 않았다. 그저 사람의 실루엣으로 보인다는 게 확인할 수 있는 전부였다.

─인스펙터, 카자크.

화면 너머의 존재는 확인하듯 말했다. 카자크는 고개를 조아리며 대답했다.

"그렇습니다. 인스펙터 카자크입니다."

스크린의 존재는 카자크의 모습을 잠시 바라보았다. 통신 상태가 좋지 않으니, 상대의 모습을 확인하는 데도 시간이 걸리는 모양이었다. 카자크는 침묵한 채 인내심을 가지고 대답이 돌아오길 기다렸다.

—…어떻게 됐지?

카자크는 안도의 한숨을 내쉬지 않았다. 등 뒤의 식은땀을 어떻게 하려고도 하지 않았다. 그저 성실하게 그 질문에 대답부터 했다. 명료한 말투로, 너무 느리지 않게, 힘을 주어서 발언했다.

"관리실은 텅 비어 있었고, 아무도 없었습니다. C지역의 결계가 파손된 것이 확인되었고, 제 동료가 원인 규명에 나섰습니다."

치지직…….

—…결계 파손이라. 꽤 큰 건이로군. 윗선에 보고를 미룰 수 있겠는가?

"3개월 정도라면 가능할 것 같습니다."

카자크는 미리 생각해 둔 기간을 즉시 말했다. 생각하는 틈을 두어선 안 되므로.

—6개월로 해.

틈을 두지 않는 것은 상대도 마찬가지였다. 6개월은 힘들다. 카자크는 생각했으나, 대답이 먼저 나갔다.

"알겠습니다."

정답이었고, 옳은 대답이었다. 어차피 반론 따위는 통하지 않을 테니까.

치지직…….

―인스펙터 카자크. 네 역할은 높이 평가받고 있다. 모든 것이 제대로 이뤄진다면 네게 정당한 영광이 부여될 것이다. 그러나 아직은 아니다. 알고 있겠지?

"물론입니다. 앞으로도 진력할 것을 약조드립니다."

―그래. 믿고 있겠다.

치지지직…….

스크린이 꺼졌다.

카자크는 굳은 표정으로 스크린을 내려다보다가 패널을 조작해 통신 기록을 완전히 삭제한 후 장갑을 벗었다.

공식적으로 이 테이블에 접촉한 건 여전히 안젤라뿐이다.

이 통신은 누구에게도 알려지지 않은 채였다.

*   *   *

끝났다!

나는 드래고니안 소드 마스터 용병을 상대로 해서 [후의 선] S랭크, [자율 분신] S랭크를 모두 달성했다. 비록 수련치를 다 채우는 데 4시간이나 걸리는 바람에 기여도를 800이나 썼지만 어차피 달리 쓸 일 없는 기여도다. 이득이다.

[후의 선] S랭크에 도달하면서 무려 1초 동안이나 적의 움직임을 미리 볼 수 있게 되었다. 더욱이 S랭크 보너스는 [후의 선]을 발동시킨 상태로 [간파]를 쓸 수 있는 것으로, 말할 것도 없이 매우 좋은 옵션이다. 상대의 움직임뿐만 아니라 스킬을 뭘 발동하는지도 미리 알 수 있게 되는 것이니 말이다.

[자율 분신] S랭크 보너스도 분신을 1체 추가 소환할 수 있는 것으로, 이것으로 스스로 움직이는 내 분신을 둘이나 소환해 낼 수 있게 되었다. 비록 반영되는 능력치 비율은 50%지만, 둘을 합치면 100%다. 훌륭하지 않은가? 그냥 승화 재료로 쓰기엔 아까운 옵션이다.

그렇다고 승화를 안 시킬 건 아니지만.

나는 다시 링링을 불러내 레어 스킬 강화권을 5매 사서 [분신] 스킬을 5강 시켰다. 실패는 없었다. 행운 99+를 찍었는데 이 정도는 성공해야지.

이것으로 승화 준비를 다 끝냈다.

─동일 계열 스킬을 5개 이상 소유하고 있습니다.

─[그림자 분신─염멸], [자폭], [자율 분신], [분신], [데코이]

─스킬 승화가 가능합니다. 실행하시겠습니까?

[주의!] 승화에 사용한 스킬은 다시 얻을 수 없습니다.

"좋아, 한다."

―스킬 승화에는 스킬 포인트가 298 필요합니다.
―스킬 승화를 승인하시겠습니까?

"승인!"

―스킬 승화를 실행합니다.

습득한 스킬들이 내 몸과 정신에서 빠져나가는 기분은 언제 느껴도 싱숭생숭하다. 하지만 이것도 다음 단계로 나아가기 위한 과정이니 참아내야지. 사실 별로 고통스러운 것도 아니고.

다섯 개의 스킬이 합쳐지면서, 새로운 스킬이 드디어 그 전모를 드러냈다.

[삼위일신(Trinity Fusion)]+6
―등급: 전설적 고유(Legendry Unique)
―숙련도: S+랭크
―효과: 하나는 셋이며, 셋은 하나이다.

"잉? 뭐야, 이건."

분신 계열 스킬과 자폭을 함께 넣고 갈았는데 왜 이런 스킬이 나오지? 스킬 효과 설명도 이상하다.

무엇보다 내가 바랐던 신화급 스킬이 아니었다. 그것보다 한 단계 낮다고 볼 수 있는 레전더리 유니크 등급. 이상하다. 승화시키기 전에 내가 핑거 스냅을 깜박했나?

하지만 세부 내역을 본 나는 생각을 고쳐먹게 되었다.

[삼위일신] S+랭크 세부 효과

[제1의 분신] 스킬을 활성화하면 두 개의 자율 분신을 생성할 수 있다. 각각의 분신은 스킬 사용자와 같은 능력치를 지닌다. 각각의 분신은 스스로 판단하고 행동한다. 각각의 분신은 자폭을 선택할 수 있으며, 현재 생명력+체력+마력과 비례한 폭발 피해를 입힐 수 있다.

─분신의 지속 시간: 24시간 36분 48초.

[제2의 분신]: 스킬을 활성화하지 않은 상태로 본체가 파괴당하면 자동으로 발동하며, 두 개의 자율 분신을 생성한다. 생성된 자율 분신 중 하나라도 15초간 생존하면 그 분신을 본체로 재생성한다. 세 번까지 연속으로 발동하며, 재생성에 실패하거나 기회를 모두 소모하면 본체는 사망 처리된다.

─제2의 분신 재사용 대기 시간: 0초(24시간 36분 48초)

[숨겨진 옵션]

쉽게 말해 내 전력이 3배로 늘어났다. 그리고 목숨도 3개 늘어났다. [1UP 코인]까지 합치면 7개인 셈이니, 내가 무슨 고양이 요괴가 된 것 같다.

"목숨 하나 정도는 크리스마스에 써도 될 것 같군."

혼자 말하고 혼자 낄낄 웃었다. 그러고 나서 곧 찾아온 허무감에 시달렸다.

음, 앞으론 이러지 말아야지.

어쨌든 세부 내용을 확인하고 나니, 이 스킬이 신화급이 아닌 레전드리 유니크로 뽑힌 건 오히려 내게 좋은 일이 되었다. 이렇게나 유용한데 신성 소모도 없으니 더 말해 무엇할까. 그야말로 최상의 패를 뽑았다.

[숨겨진 옵션]은 이미 사족. 하지만 유사시엔 분명 내게 큰 도움이 될 테지. 레전드리 유니크급 스킬의 옵션이니 말이다. 말하자면 조커도 한 장 손에 얹어진 셈이다.

"아, 나 이거 했었구나."

나는 기분 좋게 손가락을 퉁겼다. 따악! 따악! 행운의 보랏빛 오러가 내 오른손을 감쌌다. 이렇게나 운이 좋다니. 진작 행운을 올릴걸.

그나저나 [삼위일신]이 신성을 소모하지 않는 스킬로 뽑혔으니 신화급 스킬을 하나쯤 더 마련해도 될 법한 기반이 마련되었다.

"아, 그냥 [진리대마공—개]를 질러봐?"

입으로 꺼낸 혼잣말과는 달리, 나는 대범한 선택을 하지 못했다. 이럴 때만 직감이 조용하단 말이지. 정말 옳은 선택이면 직감이 내게 길을 제시해 줄 것이고, 정말 틀린 선택이면 직감이 요란하게 울릴 텐데. 둘 다 아니란 뜻인가? 아니면 그냥 침묵 중인 건가?

"…에잇!"

어느 쪽이건 스킬 랭크를 하나 올리긴 해야 한다. 여전히 스킬 포인트 잔량은 999+를 가리키고 있긴 하지만 [구십구양신공]의 랭크를 올리는 건 조금 꺼려진다. 레전드급 스킬이라 스킬 포인트를 많이 먹는 건 부차적인 문제고, 혹시나 하는 생각이 들었기 때문이다.

"[진리대마공─개]와 [구십구양신공]이 충돌하면 어떻게 되지?"

호기심은 들었으나 내 몸과 내 목숨을 가지고 실험할 일은 아니다.

그리고 [진리대마공─개]만이 답은 아니었다.

─동일 계열 스킬을 3개 이상 소유하고 있습니다.

─[초절강타], [뿌리 초강타], [뿌리 강타]

─스킬 융합이 가능합니다. 융합하시겠습니까?

[주의!] 융합에 사용한 스킬은 다시 얻을 수 없습니다.

오래 잘 써먹었던 내 필살기 1호, [초절강타]. 여기에 같은 계열 스킬 두 개를 더 얹으면 승화가 가능하다.

하지만 이 경우에도 문제가 없는 건 아니다.

지금까지 승화시켜서 신화급 스킬을 얻어냈을 때, 승화 재료로 유니크 등급 이상의 스킬을 갈아 넣었었다. 그런데 [초절강타]는 슈퍼 레어 스킬이다. [뿌리 초강타]도 마찬가지고.

이걸 승화시킨다고 과연 신화급 스킬을 얻을 수 있을까? [그림자 분신―염멸]을 갈아 넣었는데도 레전드리 유니크 스킬이 나왔는데? 아마 아닐 것이다.

물론 신화급 스킬을 얻어낸다고 해도 문제는 남아 있다. 강타 스킬은 자주 쓰는 스킬인데 쓸 때마다 신성이 소모되는 것도 마뜩잖다. 신화급 스킬을 하나 더 마련해도 된다지만 강타를 신화급으로 올리는 것도 좀 아닌 것 같았다.

"그냥 적당히 초융합이나 시키는 게 나을지도 모르겠군."

강타 계열 스킬은 간파만으로 우수수 떨어지니 돈 주고 사는 것도 아깝다. 적당히 메기라도 상대하며 강타 계열 스킬을 뜯어낼 수 있으면 뜯어내서 초융합시키는 걸로 가닥을 잡자.

결국 결론은 이렇게 되는군.

모험은 하지 않고 현실적으로 안전하게 공격 스킬인 [태양일지섬]의 수련치를 올리기로.

"링링!"

무공 계열 스킬인 [태양일지섬]을 사용하기 위해서는 당연히 내공 능력치가 필요하다. 그래서 나는 금화 1,500개를 주고 능력치 슬롯 하나랑 내공 능력치를 사들였다.

내겐 이미 기본 능력치 다섯 종류와 행운, 마력의 두 특수 능력치가 존재했기에 여덟 번째 능력치 슬롯을 여는 데는 그만한 돈이 들었다. 예전이라면 망설였을 선택이지만 지금은 그리 큰 부담은 아니다.

그리고 그 결과.

내공: 0

뭐, 그야 그렇지. 기대도 안 했다. 하지만 이래서야 바로 [태양일지섬]을 써볼 수가 없는데……. 이거 1을 어떻게 올리지? 라고 생각만 했다. 말 그대로, 생각만.

—[진리대마공—개]의 숨겨진 요소가 개방됩니다.

그런데 이런 게 열렸다.

Chapter 4

[진리자재] 마력과 내공을 자유자재로 변환할 수 있다.

　一변환 효율: 99.99%

"아하!"

[진리대마공]의 마지막 숨겨진 요소. 이게 왜 마지막까지 안 열리나 했더니만 트리거가 [내공] 능력치를 얻는 거였군! 그러고 보니 내 대사조, 천시영 어르신은 어디까지나 무림을 일통한 천하제일인이셨다. 이게 힌트였는데 내가 지금에서야 깨달았네.

"하하핫!"

나는 짧게 웃었다.

모든 게 다 잘 풀리는 것 같은 기분이다. 이게 행운의 힘인가? 반드시 그렇지는 않겠지만, 굳이 다른 가능성을 찾아내려 애쓰지는 않았다.

나는 [진리자재]를 통해 내 마력의 절반을 내공으로 변환시켰다.

마력: 99+

내공: 99+

짠.

"하아아아압! [태양일지섬]!!"

나는 전방에 손가락을 뻗고 스킬 이름을 큰 소리로 외쳤다. 그러자 내 손가락 끝에 극양의 내공이 모이더니 마치 레이저처럼 전방으로 뻗어 나갔다.

쿠콰콰콰콰! 퍼엉!!

레이저는 공간을 가르며 뻗어 나가 큰 바위에 적중해 바위를 펑 터뜨려 버렸다.

이게 연습 랭크의 위력이다. 물론 [뇌신의 징벌]에 비하자면 크게 부족한 위력이지만 뭐 어떤가? 이것도 내 전력이 아닌 절반의 힘일 뿐이다. 모든 마력을 내공으로 변환했다면 이 두 배의 위력은 냈겠지.

"아… 재밌다……."

사는 게 너무 재밌다.

튜토리얼 세계에는 이게 없었다. 스킬 성장에도 한계가 있었고, 익힐 수 있는 스킬에도 한계가 있었다. 그곳은 닫힌 세계였으며, 정체된 세계였다.

하지만 이곳에 와서는 새로운 스킬을 배우고, 써먹고, 성장시키는 재미가 너무 쏠쏠하다. 열린 세계, 열린 가능성, 열린 성장판. 이것만으로 행복감이 충만하다.

당연하게도 사람의 성장이란 굴곡이 있게 마련이고, 이렇게 순조롭게 성장을 이룩할 수 있는 것도 한계는 있으리라.

그러나 그런 건 나중에 생각해도 됐다.

나는 지금의 행복을 만끽하기로 했다.

"랭크 업!"

[태양일지섬] 랭크나 올려야지.

＊ ＊ ＊

[태양일지섬]을 대충 C랭크까지 올린 후, 나는 주리 리를 불러 그림자 용병을 소환할까 하다가 그만두었다. 어차피 태양일지섬은 내 전력에 직접적인 영향을 주지는 않는 스킬이다. 나중에 스킬 승화라도 하면 모를까. 다음에 올려도 상관없다.

자, 이제 레벨을 올릴 차례다.

나는 그랜드 마스터 셰프의 5성 요리 시식권을 꺼내 들었다. 새로 얻은 범용 특성인 [미식의 길]이 드디어 활약할 때다. 맛있는 걸 먹으면 경험치가 쌓이는 사기 특성!

그리고 잠시 고민하다, 그란데 마에스트로의 지휘에 의한 5성 명곡 자동 연주 악보도 꺼냈다.

"뭔지는 봐야지……."

[그란데 마에스트로 프란체스코 진의 지휘에 의한 '오늘의 고마운 한 끼' 자동 연주 악보]

—분류: 악보

—등급: 명품(Masterpiece)

—내구도: 15/15

—옵션: [자동연주]

—설명: 네오—네오—클래시즘 조류에 위대한 한 획을 그은 그란데 마에스트로, 프란체스코 진이 작곡하고 직접 지휘하여 연주한 '오늘의 고마운 한 끼'를 자동연주해 주는 악보. 요리를 더욱 맛있게 먹을 수 있게 해주는 효과를 청취자에게 부여한다.

"버프가 그 버프였냐!"

나는 나도 모르게 태클을 걸고 말았다.

음식이 맛있어지는 버프라니!

"최고잖아!"

예전이었다면 이런 게 다 있냐고 그냥 팔아버렸을 수도 있지만 지금은 아니다. 지금의 내겐 미식의 길이라는 특성이 생겼으니까. 맛있는 음식을 먹을수록 더 많은 경험치를 얻을 수 있는 이 특성에 그런데 마에스트로의 연주를 더하면?

아니, 아직 가설이다. 실제로 경험치를 많이 줄지 어떨지는 모르는 일이다. 직접 실험해 보지 않는 이상 속단은 금물이지.

나는 바로 5성 요리 시식권을 사용했다.

[그랜드 마스터 셰프 레인 포레스트가 재현한 '만한전석']
―분류: 요리
―등급: 미식(Gourmet)
―설명: 지구식 요리(Terran cuisine)의 주류 일파 중 하나인 중화 요리의 전설적인 궁중 요리 형식 중 하나를 위대한 셰프 레인 포레스트가 재현해 낸 것. 각 요리의 재료들을 모조리 지구의 것과 최대한 닮은 것으로 재현하기 위해 많은 노력이 들어갔으며, 그 노력은 완전하지는 않으나 최고의 결실을 빚어냈다. 배타적이기로 유명한 중화인 출신 셰프들의 인정을 받고 레인 포레스트를 그랜드 마스터 셰프의 좌에 앉힌 그 요리가 다시 재현되었다.

입이 떡 벌어지는 한 상 차림이 펼쳐졌다. 그냥 한 상도 아니고 12인석 정도는 되어 보이는 커다란 테이블에 상다리 부러지도록 음식이 쌓여 있었다.

만한전석은 나도 기억하고 있다. 중국에서 한족과 만주족의 모든 요리를 한 상에 차려 올렸다는 전설적인 정찬이다. 청나라 황제가 며칠간에 걸쳐서 먹었다던 바로 그 요리!

물론 이건 가짜다. 전설적이고 전통적인 만한전석은 문화대혁명 때 불타 사라졌으니까.

은근슬쩍 포함된 짜장면과 탕수육을 보라. 탕수육은 몰라도 짜장면은 확실하게 한국에서 재탄생된 면류다. 저런 요리가 청나라 시대에 황제의 식탁에 오를 리가 없지 않은가?

아마도 이 만한전석은 인류연맹의 그랜드 마스터 셰프, 레인 포레스트가 그 단어의 뜻을 해석해 재구성한 결과물이라고 보는 게 옳을 것 같았다.

그런 의미에서, 어쩌면 짜장면은 인류연맹의 현세대 인류에겐 꽤나 고급 음식으로 인지되고 있는지도 모를 일이다. 링링의 상점에서도 사실 꽤나 비싸게 팔고 있고. 근거는 많았다.

뭐 그런 사정이야 아무래도 좋을 일이다.

"크… 윽!"

테이블 위의 수많은 요리의 냄새가 뒤섞여 한꺼번에 비강을 자극하는데, 그것이 역겹기는커녕 없던 식욕도 돋아낼 듯 향기로웠으니 말이다.

그야말로 냄새의 교향곡!

그랜드 마스터 셰프라는 거창한 호칭을 부끄럽지 않게 여길 만한 실력자가 이 만한전석의 마에스트로리라.

"그래, 마에스트로!"

하마터면 음식 냄새에 홀려 깜박할 뻔했네.

나는 뒤늦게 자동 연주 악보를 펼쳐, [자동연주]를 실행했다. 자동 연주 악보에서 아름다운 음색이 흘러나오기 시작했고, 나는 그 음색에 귀를 기울였다. 흠흠, 고급 레스토랑에서 흘러나오는 음악 같군. 고급 레스토랑에 가본 적은 없지만. 그렇게 10초 정도 들었을까?

"흐어억!!"

강렬한 식욕이 솟구쳤다. 아니, 식욕이야 만한전석을 펼쳤을 때 이미 한계에 달할 정도로 솟구쳐 있었지만 내가 한계라고 생각했던 것이 사실 한계가 아니었던 모양이다. 이미 내 눈과 귀와 입과 코, 전신의 모든 감각이 내게 명령하고 있는 것 같다.

'먹으라'고.

나는 더 이상 내 식욕에 저항할 수 없었다. 정확히 말하자면 저항하고 싶지도 않았다.

나는 이성의 끈을 손에서 놓았다.

내 의지로.

*　　　　*　　　　*

위장이 가득 차 더 이상 음식을 밀어 넣을 수 없을 지경이 되어 정신을 차렸을 때, 중천에 떠 있던 해는 져 있었고 내 위장은 산처럼 부풀어 올라 있었으며 내 반격가 레벨은 20에서 24가 되어 있었다.

"…4레벨?"

나는 반사적으로 시스템 로그를 열었다. 가장 먼저 내 눈에 들어온 문장은 이것이었다.

—위장이 한계에 달했습니다. 이 이상 음식을 먹을 수 없습니다.

—한계돌파!

이 메시지가 3개쯤 발견되었다.

"아니, 위장도 한계돌파를 하나?"

나는 피식거리며 그 메시지를 읽었지만, 분명 12인석 테이블 위에 쌓여 있다시피 했던 요리가 뼈도 안 남기고 싹 사라진 걸 보니 웃음이 가셨다.

이게 사람이 먹을 수 있는 양이었단 말인가. 먹은 내가 할 생각은 아니었지만, 마음 깊은 곳에서부터 우러나는 순수한 의문을 억지로 막을 수는 없었다.

게다가 기억을 돌이켜 보니, 먹은 기억이 난다. 각각의 음식이 어떤 맛이었으며 얼마나 맛있었는지에 대한 정보가 내 대뇌피질에 집요하리만큼 강렬히 각인되어 있었다. 물론 당시의 나는 그 기억을 돌이키는 대신 그저 혀에 모든 신경을 집중시켰을 뿐.

그래, 내가 이걸 다 먹었다. 이 사실을 부정할 방법은 없었다.

"아무리 그래도 그렇지. 밥 좀 먹었다고 인퀴지터 두 명 잡은 것만큼 레벨이 오르나?"

인퀴지터를 잡아봐야 오르는 레벨은 두 단계.

낮은 레벨이든 높은 레벨이든 상관없이 단 두 단계만 오른다.

그런데 앉아서 밥만 먹었는데 4레벨이 올랐다.

이게 말이 되나?

황당해서 시스템 로그를 자세히 보니, 만한전석에 포함된 짜장면 한 그릇이 10,000 정도의 경험치를 주었다. 짜장면이 이 정도였으니 초거대 야수 곰 발바닥 요리 같은 희귀 요리가 경험치를 얼마나 줬을지는 상상에 맡긴다.

한 가지 확실한 건, 레벨이 네 단계 오르기에 충분한 경험치였다는 것이다.

변화한 건 이것뿐만이 아니었다.

—5성 요리로 인해 당신의 특성이 진화합니다.
범용 특성: [미식의 길] → 고유 특성: [미식의 대식가]

[미식의 대식가]

―등급: 고유(Unique)

―숙련도: S랭크

―설명: 맛있는 걸 많이 먹으면 크게 성장한다.

"진짜냐."

진짜였다. 아니라면 만한전석 하나 먹고 레벨이 네 단계 오른 게 설명이 안 됐다. 기존의 [미식의 길]은 공복 상태에만 적용됐었으니까.

그런데 너무 많이 먹어 위장이 터지는 대신 한계돌파를 세 번이나 했는데 계속해서 경험치를 얻은 건 특성이 [미식의 대식가]로 변한 덕택이라 해도 과언이 아니었다.

"진짜 무섭구나……."

어느새 연주를 멈추고 조용해진 자동 연주 악보를 내려다보았다. 그냥 요리만 맛있었다고 이렇게 되지는 않았을 것이다. 음악과 요리의 조합. 그것이 이런 대이적을 남긴 것이다.

나는 레벨 업 마스터를 켰다.

"크리스티나."

―네?

"잘했어."

―…네?

크리스티나는 영문을 모르고 눈을 똥그랗게 떴다. 나는 배가 너무 불러 설명하기도 귀찮았기 때문에, 그냥 레벨 업 마스터를 끄고 인벤토리에 던져 넣었다.

"거대 메기는 내일 해 뜨면 잡자."

나는 오늘 할 일을 내일로 미루는 나쁜 어린이가 되었다.

*   *   *

아침이 되었다.

나는 눈을 뜨고 상반신을 일으켰다.

"…와."

그리고 나는 이 세계에 도달한 이래 처음으로 땅에 등을 붙이고 정신 줄 놓고 푹 잤음을 뒤늦게 깨달았다.

별로 위험한 짓을 한 건 아니다. 무슨 일이 생겼으면 내 직감이 날 깨웠을 테고, 내 강건은 날 신속하게 원래 컨디션으로 되돌렸을 것이며, 내 민첩은 늦지 않게 적의 공격에 대응하도록 움직였을 테니까.

그냥 조금 놀랐을 뿐이다.

"아무리 그래도 역시 위장 한계돌파를 세 번이나 시키면서 먹은 음식을 소화시키려면 이 정도 에너지는 소모된다, 그 소리인가."

그리고 아마도 내가 푹 자는 도중에 떴을 이 시스템 메시지.

―5성 요리로 인해 앞으로 12시간 동안 근력이 100% 상승합
니다.

―5성 요리로 인해 영구적으로 근력이 50 상승합니다.

"버프는 소화가 다 된 다음에 뜨는 모양이군."

지난번엔 안 이랬던 것 같은데. 뭐 만한전석만의 옵션이겠
지. 난 깊게 생각하지 않기로 했다. 어쨌든 버프는 아직 8시간
가량 남았다. 막 서둘러야 할 이유도 없었기에, 나는 링링을
불러 짜장면을 한 그릇 시켰다.

별건 아니고, 그냥 한 가지 실험을 위해서였다.

―짜장면을 먹음으로써 미식의 대식가가 반응합니다.

―경험치 1을 얻었습니다.

"…역시."

나는 먹다 남은 짜장면을 인벤토리 안에 던져 넣었다.

원래대로라면 분명 이 짜장면이 호수 사과보단 맛있을 텐
데. 호수 사과도 경험치를 15인가 얼만가 줬는데 짜장면이 1이
라니.

하지만 짚이는 게 있었다.

처음 링링을 통해 시켜 먹었던 짜장면의 맛은 눈물마저 흘

릴 맛이었건만, 지금 먹은 이 짜장면은 그냥 먼지 같은 맛이었다.

하긴 어제 5성 명곡까지 틀어놓고 5성 만한전석을 먹었는데, 다음 날 상점표 짜장면을 그냥 먹었으니 맛있게 느낄 리가 없었다.

"역치의 법칙이 여기에도 통용되는군."

한번 어떤 자극을 느끼면 그 자극에 못 미치는 자극에는 크게 반응하지 않는다. 미각이든 청각이든 뭐든. 이것이 역치의 법칙.

이 법칙은 미식의 대식가라는 새로운 특성에도 여지없이 반영되어 짜장면의 경험치를 1로 만들어 버린 것이리라.

"쳇."

역시 그냥 여기 주저앉아서 음식이나 먹으면서 레벨을 올릴 생각은 버리는 게 옳았다. 한동안은 굶으면서 내 호강한 혀와 위장이 다시 마른 빵의 소중함을 느낄 때를 기다려야 할 것 같았다.

"메기나 잡으러 가야겠다."

버프도 받았고, 레벨도 올렸고, 새 스킬도 장착했다

더 이상 메기 사냥을 미룰 이유가 없었다.

*　　*　　*

"어휴, 힘들어!"

나는 물속에서 기어 나와 바로 그 자리에 주저앉았다. 아무리 이제 필드 보스 정도는 별문제 없이 잡을 수 있다고는 해도, 스킬 좀 얻겠다고 거대 메기 상대로 물속에까지 들어간 건 지나친 자신감이었다.

목적으로 한 스킬은 얻었으니 됐지만 말이다.

[수염 강타]
—등급: 희귀(Rare)
—숙련도: 연습 랭크
—효과: 수염으로 강타한다.

[집어삼키기]
—등급: 일반(Common)
—숙련도: 연습 랭크
—효과: 목표를 한 입에 집어삼킨다.

행운을 두 배 가까이 올린 덕인지 [간파]로 스킬을 뜯어내는 확률이 좀 오른 것 같았다. 그렇게 해서 뜯어낸 스킬들이 별로 좋은 거라고 할 수는 없지만 말이다. 특히 집어삼키기는 어디 합성에나 쓸 수 있을까 싶다.

그나마 [수염 강타가 강타 계열 스킬 합성용 재료로는 쓸

모 있어 보이는 게 다행이다. 내겐 수염이 없어 수염으로 강타할 일도 없으니 그 외의 용도는 없지만. 뭐 됐다.

"그런데 이걸로 끝이 아니지."

지금의 내겐 필드 보스는 에피타이저에 불과하다. 메인 디시는 이제 곧 찾아올 인퀴지터다.

나는 링링에게서 사들인 능력치 부스트 앰플을 손에 쥐고, 언제든 [진리활화]를 쓸 수 있는 상태로 하늘을 노려보았다.

5분… 10분… 15분…….

"오늘은 좀 늦네."

손바닥 안에서 부스트 앰플을 굴리며, 나는 그냥 그 자리에 누워 버렸다. 앉아서 하늘만 올려다보고 있기도 목에 부담이 왔기 때문이다. 굳이 내 눈으로 열심히 관측할 필요도 사실 없다. 찾아오면 직감이 반응하겠지.

바람이 불었다. 하늘이 청명했다. 날씨는 따스했다. 구름은 적당히 있었지만, 비구름은 아니었다. 오늘 비가 올 것 같지는 않았다.

"…흐음."

물속에 들어갔다 오는 바람에 젖었던 옷이 말랐다. 속옷을 갈아입을까 했지만 그만두었다. 언제 적이 올지 모르는 판국에 그렇게까지 여유를 부릴 순 없지.

"흐으음……?"

그런데 안 온다.

"왜 안 오지?"

미리 약속을 한 것도 아니건만, 나는 괜히 약속을 파투 맞은 기분에 속이 상했다.

설마 진짜로 안 올 건가? 내가 지금 있는 지역은 교단의 영향력이 미치지 않는 지역인 건가? 그렇다면 좋아해야 할 일이다. 더 이상 교단의 세력에 쫓기지 않을 테니 말이다.

그러나 나는 그 사실에 기쁨을 느끼지 못했다.

어제의 나는 성장하는 기쁨에 행복을 느꼈지만, 오늘의 나는 그 행복감을 잊어버리고 말았다. 그냥 혼자 강한 것에 무슨 의미가 있나? 강함을 시험할 상대가 있어야지.

게다가 내게 있어 인퀴지터는 성장의 발판이기도 했다. 그들은 내게 강력한 스킬을 가르쳐 주는 스승과도 같은 존재였다.

물론 내가 지금껏 상대해 온 인퀴지터들은 날 가르친다는 생각 따윈 털끝만큼도 하지 않았겠지만, 내가 군이 그들의 의사를 존중할 필요는 없다.

"아… 보고 싶다. 인퀴지터."

미련을 버리지 못한 나는 자리를 뜨지 못하고 한참 동안이나 멍하니 하늘을 올려다본 채 시간을 보냈다.

*　　　　*　　　　*

"응?"

작은 방에서 나와, 실종된 인퀴지터의 흔적을 찾아 C지역의 상공을 날며 수색 중이던 교단의 인스펙터 안젤라는 시스템 알람을 듣고 그 자리에 멈췄다.

"A지역의 살균 병기가 파괴? 이 알람이 왜 나한테?"

교단의 시스템이 제대로 작동하고 있다면 인스펙터 직위의 안젤라에게 이 알람이 울릴 리가 없었다. 이 알람을 들어야 할 자는 A지역의 관리자, 즉 이 변경에 유배된 죄인이자 인퀴지터인 그 '작은 방'의 누군가였다.

하지만 시스템은 그런 우선순위를 무시하고 안젤라에게 알람을 울렸다.

"몇 가지 가설이 있을 수 있겠군."

안젤라는 생각에 잠겼다. 그러나 곧 그녀의 얼굴은 콱 구겨졌다.

"아니, 하나밖에 없잖아!"

담당자가 없으면 차순위 담당자에게. 그 차순위 담당자도 없으면 그다음 담당자에게. 그것이 시스템의 룰이었다. 그런데 관리자 인퀴지터들이 아닌 인스펙터 안젤라에게 이 알람이 울린 이유라곤 하나밖에 없었다.

그녀가 이 지역에 남은 둘뿐인 교단 관계자라서.

즉.

"인퀴지터들이 다 죽었어!!"

안젤라의 등골을 타고 서늘한 기운이 훑고 지나갔다.

인퀴지터 한둘 정도 죽는 거야, 별일도 아니다. 안젤라도 혼자서 셋 정도는 상대할 수 있으니까. 그러나 넷? 넷은 어떨까? 넷은 힘들다. 그리고 이 알람의 주인공, A지역의 살균 병기를 파괴한 자는 인퀴지터 넷을 동시에 상대할 수 있는 괴인이리라.

사실 인퀴지터들은 이진혁에 의해 1명씩 각개격파당했지만 그 경우의 수에 대한 가정을 안젤라는 하지 않았다. 그야 그렇다. 그 추측은 안젤라에게 유리한 것이었으니까. 안젤라는 자동적으로 그 가능성을 배제했다.

항상 최악의 상황을 대비하라. 안젤라는 이 가르침을 직속 선배 인스펙터인 카자크에게 배웠고, 어엿한 한 사람의 인스펙터가 된 지금도 금과옥조처럼 여기고 있었다.

"선배, 선배에게 알려야 해!"

그렇기에 안젤라는 가장 신뢰할 수 있는 상대인 카자크를 찾아 '작은 방'으로 귀환을 하기로 했다. 그것은 그녀가 선택할 수 있는 최선의 선택이었다.

*　　　　*　　　　*

"스킬 합성이나 해야지."

찾아오지 않는 인퀴지터를 기다리며, 땅바닥에 누워서 하늘을 보고 있던 나는 충동적으로 결정했다.

그렇다고 정말로 합성을 할 건 아니다. 스킬 초융합을 할 것이다.

그리고 그 대상은 이거였다.

─동일 계열 스킬을 4개 이상 소유하고 있습니다.

─[초절강타], [뿌리 초강타], [뿌리 강타], [수염 강타]

─스킬 초융합이 가능합니다. 초융합하시겠습니까?

[주의!] 초융합에 사용한 스킬은 다시 얻을 수 없습니다.

메기한테 강타 계열 스킬을 뜯어내면 초융합을 하기로 했었는데 지금이 바로 그때다. 원래는 인퀴지터를 물리치고 난 후 여유를 두고 초융합을 시도할 생각이었지만 계획과 달리 지금 여유가 생겼으니 그냥 저질러 버리기로 했다.

상점에서 레어 스킬 강화권을 사서 수염 강타를 5강으로 올리고, 그리고 이것저것 밑 작업을 한 후에…….

"승인!"

그래서 나온 게 이거였다.

[전설의 강타]+5

─등급: 전설(Legend)

─숙련도: S랭크

—효과: 신화시대의 전설적인 대영웅, 헤라클레스는 몽둥이를 휘둘러 단 일격에 키타이론의 사자를 절명시켰다고 한다. 이것이 그의 첫 위업이라고 전해져 내려온다.

"헤라클레스라."

이건 좀 기대해도 될 것 같았다. 나는 세부 사항을 열어보았다.

[전설의 강타] S랭크 세부 효과

—[필중]: [전설의 강타] 랭크 미만의 회피/방어 스킬을 무시하고 반드시 명중한다.

—[필살]: 적을 일격에 죽일 확률이 있다. 낮은 랭크의 즉사 저항을 무시한다.

—[필멸]: 물리 공격을 무시하는 적의 물리 저항을 무시할 수 있다.

심플하고 강력하다! 아무튼 때려 패면 되는 직관적인 사용법도 마음에 들었다.

"이제 이 스킬로 때려 팰 인퀴지터만 나타나면 딱인데……."

나타나지 않는다.

"하아……."

나는 다시 하늘을 바라보았다.

"이건 약속이 다르잖아."

약속한 적 없지만, 나는 대충 아무렇게나 중얼거렸다. 그렇다고 이 자리에서 진리대주천을 돌리거나 그림자 용병을 불러내서 수련치를 올리는 건 여유가 지나친 것 같고. 그냥 이대로 기다릴 수밖에 없는 건가?

"…에이, 가자."

흘러 다니는 구름을 바라보며, 나는 슬슬 이 자리를 뜰 생각을 했다. 오지 않는다면 별수 없지. 이 자리에서 망부석이될 순 없는 노릇 아닌가?

그렇게 내가 떠날 생각을 굳힌 바로 그 순간이었다.

"……!"

직감이 반응했다.

순간적으로 인퀴지터인가? 하는 생각이 들었지만, 그렇게 생각하는 건 내 뇌뿐이었고 직감은 내게 다른 메시지를 전달했다.

'도망쳐야 돼!'

왜 갑자기 이런 기분이 드는 건지, 나는 분석하려 하지도 않았다.

나는 직감에 따라 곧장 행동했다.

[섬전 신속]

나는 현재 내가 활용할 수 있는 가장 빠른 이동 기술을 통해, 동쪽 하늘에서부터 다가오는 위협으로부터 몸을 피했다.

[섬전 신속]
[섬전 신속]

운이 좋아 재사용 대기 시간 초기화가 연속으로 일어났기 때문에 나는 평소보다 훨씬 긴 거리를 더욱 빠르게 이동할 수 있었다.

"……!!"

그러나 무의미했다.

분명 동쪽에서부터 날아올 터였던 '위협'은 어느새 내 등 뒤에 있었다. 대상의 등 뒤를 자동으로 점거하는 스킬이라도 쓴 걸 테지. 나는 묘하게 냉정하게 판단했다.

겉으로 보기에, '적'은 그냥 인간이었다. 하지만 내 직감은 요란하게 외치고 있었다.

적은 강하다. 못 이긴다. 도망쳐.

나는 오른손에 들고 있던 능력치 부스트 앰플을 내 허벅지에 찔러 넣으려고 했다. 어쨌든 없는 것보단 나을 테니까. 하나 소용없었다.

그 전에 내 오른팔이 잘려 나갔다.

뭐지?!

[간파]가 작동하지 않았다. [후의 선]도 마찬가지. 날붙이를 휘두르는 동작도 보지 못했다.

그냥 팔을 잘렸다는 결과만 남았다.

"나는 널 죽일 수 있었다."

불쾌한 목소리였다. 목소리뿐만 아니라 그 내용도.

진실보다 불쾌한 건 없다더니, 그게 사실이었다.

"내 이름은 카자크. 인스펙터다."

"인스……."

인퀴지터가 아니라?

"나는 질문하고, 너는 대답한다."

내 말을 가차 없이 끊어내고, 스스로를 카자크라 밝힌 남자는 말했다.

"너는 누구냐."

"나, 나는……."

상대가 어떤 스킬을 쓰고 있는지, 약점이 뭔지 알아내지 못하면 승산은 없다.

간파도, 후의 선도, 직감조차도 통하지 않는 일격.

'마치 시간을 멈추고 날 벤 것 같잖아!'

시간 정지. 그 가능성을 떠올린 순간, 난 암담한 기분을 느꼈다. 만약 정말 시간을 멈추고 날 벤 거라면 내게 대응 방법 따위는 없었다.

"다음은 왼손이다. 말해라. 너는 누구냐."

"…내 이름은 이진혁."

나는 대답했다. 거짓말을 할까도 생각했지만, 상대가 거짓 간파 스킬이라도 갖고 있으면 곤란하다는 생각에 그냥 내 이름을 밝혔다.

"지구인이다."

"지구인?"

카자크의 눈썹이 꿈틀거렸다. 좋아, 반응했다. 지구인은 희귀한 종족이다. 나만 남았지. 절멸 직전의 종족을 보고 단 한 순간만이라도 빈틈을 만들어준다면 그걸로 좋다는 생각에 던진 말이었는데, 생각 외로 반응이 격렬했다.

"지구인이 왜 이런 곳에 있지?"

"이런 곳이라니?"

의외의 물음에, 나는 되묻고 말았다. 다음 순간, 내 왼손이 잘려 나갔다.

"끄아아아악!!"

젠장, 역시 인지조차 못 했다. 정말 시간 정지인 건가? 게다가 연속적으로 발동하다니. 쿨타임도 없는 건가? 어쨌든 나는 참지 않고 비명을 실컷 질렀다. 내가 고통에 약하다고 생각하게 만드는 편이 내 생존에 더 유리할 거라고 생각했기 때문이다.

"나는 질문하고, 너는 대답한다. 예외는 없다."

그나마 상대가 내게 정보를 캐내려고 당장 날 죽이려 하지 않는 것만이 내겐 희망이었다. 아니라면 적의 정체를 제대로 알아내지도 못한 채 이 자리에서 남은 목숨을 다 소모해 버릴 수도 있었으니까.

최대한 시간을 끌어야 했다. 그래야 활로가 생긴다.

무슨 활로?

나도 모른다. 그저 그런 직감이 들었을 따름이다.

암담하군.

"지구인이 왜 이런 곳에 있지?"

카자크가 아까와 같은 질문을 반복해 왔다.

"튜토리얼 세계에서… 빠져나왔더니…… 이곳이었다."

나는 느릿느릿 대답했다. 출혈이 심해진 양손의 손목을 붙잡으려 노력하며 고통스러운 표정을 연기했다. 아니, 사실 연기할 필요는 없었다. 실제로 아팠으니까.

"튜토리얼 세계라고? 지구의 튜토리얼은 몇백 년 전에 다 끝난 줄 알았는데."

그것이 질문인지 아닌지 판단하기 힘들었기 때문에 나는 대답하지 않았다.

이 상황을 타파하려면 어떻게 해야 하지?

일단 한 번 더 봐야 한다. 적의 스킬이 진짜 시간 정지인지, 아니면 다른 메커니즘으로 작동하는 건지. 그래야 비로소 승산이 생길 것이다. 그러려면…….

"하나 더 묻지."

카자크의 그 말투에서, 나는 이것이 마지막 질문이라는 걸 직감했다. 이 질문에 곧이곧대로 대답하면 죽으리라는 것도.

"가나안 계획에 대해 알고 있는 게 있나?"

*   *   *

이것은 질문이 아니다. 그냥 내 반응을 보려고 한 말이다. 직감적으로 그렇게 깨달았다.

실제론 가나안 계획이 뭔지 아무것도 모르고 지금 처음 들었으며 그게 뭔지 정말 궁금하지만, 그냥 순수하게 궁금하다는 듯 반응하면 난 죽게 될 것이다.

그러므로 평범하게 반응해서는 안 된다.

"무슨 소린지 모르겠군."

나는 의미심장한 미소를 지으며 대꾸했다. 마치 이대로 죽으라는 듯.

그러자 허리 아래가 잘려 나갔다.

"끄아아아악!"

입에서 자동적으로 비명이 터져 나갔다. 젠장! 역시 안 보여!! 전투 상황은 이미 끝난 거나 다름없고 완전한 우위를 차지했음에도 불구하고 이 인스펙터 카자크는 여전히 시간 정지일지도 모르는 스킬이나 능력을 계속해서 쓰고 있는 모양이었다.

어째서? 시간 정지 정도로 강력한 능력이라면 지불해야 할 소모값도 장난이 아닐 텐데! 그걸 감수하고 그냥 쓰는 건가? 아니면······.

"의미 없는 도발은 안 하는 게 좋을 거야."

카자크는 주머니에서 물약 하나를 꺼내더니, 내 잘려 나간 왼쪽 손목에 들이부었다. 그러자 엄청난 가려움이 느껴지더니 빠른 속도로 왼손이 자라나기 시작했다.

"다시 묻지."

이 행동의 의미는 만약 제대로 대답하면 날 살려주고 잘려 나간 허리 아래도 재생시켜 주겠다는 신호를 보내는 것이다.

그러나 나는 이것이 속임수임을 알고 있다. 헛된 희망을 주어 정보를 불게 만들고 죽이려는 셈이다.

"가나안 계획에 대해 아는 것을 말해라."

그런 카자크의 반응에, 나는 내 연기가 제대로 통했음을 알았다.

이 녀석은 내가 그 가나안 계획이란 것에 대해 알고 있다고 생각하기 시작했다.

그러니 결코 값싸진 않을 재생 물약까지 내게 써가며 날 종용하는 것이다. 속내를 털어놓으라고 말이다.

"그······."

나는 입술을 달싹였다. 상황은 여전히 암담했다. 살아나갈 길이 보이지 않았다.

"그딴 건 모른다, 이 머저리야!"

[삼위일신]
─[제1의 분신]

나는 분신 둘을 꺼내 카자크를 공격했다.

그리고 다음 순간, 나는 내 세 개의 목이 세 개의 몸과 분리되어 있는 끔찍한 경험을 해야 했다.

'젠장⋯⋯!'

그렇게 나는 죽었다.

       *   *   *

눈을 뜨니, 나는 빛의 방에 있었다. 노인이 측은한 듯 날 내려다보고 있었다.

"이렇게 빨리 돌아오실 줄은 몰랐습니다."

"저도요."

나도 상반신을 일으키며 긴 한숨을 토해내었다.

이곳은 카르마 마켓이었다.

[1UP 코인]을 인벤토리에 넣고 있었던 덕에, 나는 죽은 후 바로 카르마 마켓으로 옮겨졌다. 그런 의미에서 보자면, 이 코인은 이 카르마 마켓의 입장권이기도 한 셈이다.

나는 바로 여기로 오기 위해 일부러 [삼위일신]의 [제2의 분신] 효과를 포기하고 [제1의 분신]을 발동했었다. [제1의 분신]이 활성화된 상태에선 [제2의 분신]이 발동하지 않는다는 점을 이용한 결과다.

아직 카자크의 스킬이 뭔지에 대해 모르는 상태에서 즉석 부활기능이 달린 [제2의 분신]을 허망하게 써버리면 정작 중요할 때 재사용 대기 시간에 걸려 못 쓰게 될 테니까. 어쩌면 놈의 허점을 칠 필살기가 될지도 모르는 일이니 아껴두는 게 좋다고 판단했다.

하지만 내 판단이 정말 맞았던 걸까?

"술 좀 줘요."

나는 노인에게 부탁했다.

"알겠습니다."

노인은 내가 지난번에 구입해 뒀던 만전의 술을 내어 주었다.

나는 만전의 술을 받아 들고, 바로 들이켜 마셨다. 도수가 꽤 높은지 목구멍이 타는 듯했다. 하지만 술의 효과는 확실해서 부활 직후라 30%밖에 남지 않았던 생명력이 완전히 회복되었다.

사실 밖에서 생명력을 회복하려면 [진리대주천]을 하면 되지만, 이 공간에서는 스킬을 사용할 수 없다. 그렇다고 만전의 술 없이 그냥 밖으로 나가면 파리 목숨이다.

뭐, 만전의 술이 있어도 파리 목숨이지만. 수치상 생명력이 아무리 높아도 내가 인지하지 못하는 상태에서 목을 날리는 카자크의 스킬 앞에선 별 큰 의미가 없다.

카자크란 놈의 스킬이 어떤 성질을 지녔는지 파악하지 못하는 이상, 내게 승산은 없다.

더욱이 나는 이미 한번 반항을 했으니, 이제부터는 카자크도 날 오래 살려두려고 하지 않을 것이다.

그럼에도 불구하고 나는 암담함이 다소 가셨음을 느낄 수 있었다.

손목 두 개와 하반신을 날리면서 카자크의 스킬을 세 번이나 봤지만 나는 놈의 스킬이 어떤 스킬인지 전혀 파악할 수 없었다. 그런데 마지막 죽기 직전에 두 분신과 내 본체로 동시에 맞아봄으로써 간신히 그 전모를 편린이나마 들여다볼 수 있었다.

"놈의 스킬은 시간 정지가 아니었어."

만약 카자크의 스킬이 시간 정지였다면 세 개의 목이 동시에 잘려 나가야 했다. 시간을 정지시킨 상태에서 내 목을 베고, 다시 시간을 움직이게 만들었다면 말이다.

그런데 그게 아니었다.

지금 다시 떠올리기도 끔찍한 경험이지만, 내 목과 다른 분신들의 목이 동체에서 떨어져 나가는 타이밍은 미묘하게 달랐다.

정확히는 왼쪽의 분신이 가장 먼저, 그리고 오른쪽의 분신이 가장 나중에 목을 잃었다.

이것이 뜻하는 바는 무엇일까? 아직까지는 가설에 불과하지만, 나는 이렇게 생각한다.

그 스킬의 정체는 굉장히 빠른 베기다.

물론 그냥 빠른 것에 불과하다면 나는 그 공격을 당연히 [간파]했겠지만, 물리법칙을 초월한 스피드라면 이야기가 달라진다.

너무 빠른 나머지 시간을 거슬러 오를 정도라면 말이다.

그게 말이 되냐 싶지만 스킬에 물리법칙이 통용되지 않는다는 건 지금 와서 태클 걸 일이 아니다.

만약 이 가설이 맞는다면, 카자크는 내 [후의 선]으로도 관측을 못 할 정도로…… 그러니까 적어도 1초 이상 시간을 되감아 벨 수 있다는 소리가 된다.

"뭐야, 그럼."

시간 정지가 아닌 게 확실해졌으니 암담함이 많이 가시긴 했지만, 그렇다고 암담하지 않게 된 건 또 아니다. 왜냐하면 그 가칭 '시간 되돌려 베기'를 공략할 방법이 지금의 내게 존재하지 않기 때문이다.

"생각에 잠기신 중에 죄송합니다만."

그때, 노인이 내게 말을 걸었다.

"곧 부활하셔야 합니다."

[1UP 코인]의 부활 효과로 여기에 체류할 수 있는 시간은 그리 길지 않은 것 같았다.

"[귀환의 돌]을 사용하시겠습니까?"

노인은 인자한 얼굴로 내게 물었다.

지금 내가 설정해 놓은 귀환 장소는 세이렌 일족의 근거지. 귀환의 돌로 귀환을 선택하게 되면 카자크와의 거리를 좀 벌릴 수 있게 되겠지만, 놈은 금방 날 찾아내고 따라올 것이다.

그렇더라도 몇 초에서 몇 분 정도 시간을 벌 수 있으니 괜찮은 선택 같긴 했다.

"아뇨."

그럼에도 불구하고 나는 고개를 저었다.

세이렌 일족을 이 일에 말려들게 할 순 없다.

인퀴지터 놈들은 인류 종족에게 직접 손을 대는 것을 꺼리는 것 같았지만, 카자크는 스스로를 인스펙터라고 소개했다. 놈이 세이렌들을 죽이지 않을 거란 보장은 어디에도 없다.

별로 세이렌들을 위해서 이러는 게 아니다. 세이렌들을 죽게 두면 내 신성이 깎일지도 모르니까.

"그럼 바로 부활하시겠습니까?"

"…네."

나는 망설이다 대답했다.

결국 나가서 부딪쳐 보는 것밖에 내게 남은 방법이 없었다. 아직 [1UP 코인]은 두 개가 남았다. 두 번은 더 죽어도 되살아

날 수 있다. 그 과정에서 조금이라도 힌트를 얻게 된다면 내게도 승산이 생길지도 모른다.

"그럼 고객님, 무운을 빕니다."

노인의 인사말과 함께 빛이 꺼지고, 어둠이 내렸다.

*　　　　*　　　　*

"거참 신통한 놈이로군."

만전의 상태로 부활해 돌아온 나를 보며, 카자크가 혀를 찼다.

"[1UP 코인]을 쓸 수 있다는 건, 적어도 세 명의 플레이어를 죽였다는 뜻이지."

역시 카자크는 카르마 마켓에 대해서 알고 있었던 모양이다. 내가 되살아날지도 모른다고 생각한 건지, 내 부활 장소에서 가만히 대기하고 있었던 것도 그렇다.

하긴 10초 후에 부활한다던 [1UP 코인]의 설명을 보면, 카자크가 대기하고 있던 시간은 10초에 불과할 테지만 말이다.

그래도 카자크의 능력이라면 10초라는 시간은 다른 지역으로 날아가기에 충분한 시간이기에, 의도적으로 대기하고 있지 않았다면 이런 상황은 만들어지지 않았을 것이다.

목숨 하나 내주고 도망칠 생각도 하고 있던 내겐 안타까운 일일 뿐이다.

내가 무슨 생각을 하는지 아는지 모르는지, 카자크는 나를 차갑게 노려보았다.

"하지만 이 변경 차원에 플레이어, 그것도 네거티브 카르마를 10 이상 지닌 범죄자가 그리 많을 리는 없으니……."

카자크는 범인을 찾는 탐정과 같은 말투로 말했다.

"인퀴지터들을 죽인 건 역시 네놈이로군."

역시, 라는 소릴 하는 걸 보니 어느 정도 짐작은 하고 있었나 보다.

"그렇다."

부정해 봐야 소용없을 거 같아서, 나는 고개를 끄덕였다. 카자크가 바로 내 목을 날리지 않은 것에 안도하면서 말이다. 어쨌든 대화가 통하는 분위기를 만들어두는 게 내게 유리했다.

내 대답을 들은 카자크는 내 대답이 의외였던지 날 의뭉스러운 듯 보더니 문득 물었다.

"네놈, 이름이 이진혁이라 했던가? 난 이미 네놈을 한 번 죽였다. 내가 두렵지 않은가?"

"두렵다."

내 대답을 들은 카자크는 껄껄 웃었다.

"두렵다는 자가 그런 눈빛을 하는가?"

응? 내가 무슨 눈빛을 하고 있는데? 거울이라도 가져오지 않는 이상 스스로의 눈빛을 알 방법이 있을 리 없다.

하지만 기묘하게도, 카자크는 내게 우호적인 태도를 취하고 있다. 대체 왜?

섣불리 판단하는 건 위험하지만, 아마도 내가 인퀴지터를 처치한 범인이라고 자인한 후부터 이러는 것 같다. 그렇다면 이 카자크라는 인스펙터는 인퀴지터들과 적대하는 입장인 건가? 알 수 없다. 카자크가 직접 말해주기 전까진 넘겨짚지 말아야지.

그건 그렇고, 마음에 들지 않는군.

뭐가 마음에 안 드냐면, 카자크의 호감을 샀으니 어쩌면 죽지 않을지도 모른다고 안도하는 나 자신이 마음에 안 든다.

내 호불호야 둘째 문제고 목숨을 건사하는 게 당연히 더 중요하지만 말이다.

"이 지역에 배치된 인퀴지터들은 상당한 중범죄자들이었지. 네놈이 얻은 카르마는 5천이 넘을 것이다."

그런 것까지 알고 있는 건가. 내 밑바닥을 가늠하려고 하는 것 같아 별로 기분이 좋진 않았다. 아니, 섬뜩했다.

"그래 봤자 첫 입장으로 살 수 있는 [1UP 코인]은 두 개가 한계. 공짜로 받은 하나는 썼겠지만, 그렇더라도 앞으로 두 번은 더 살아날 수 있을 거라 계산하고 있겠지."

카자크의 지적은 정확했다. 그럼에도 나는 크게 놀라지 않았다. 카자크도 플레이어 출신에 카르마 마켓에 출입 경험이 있으리라는 추측은 충분히 가능했으니까.

오히려 놀란 건 카르마 마켓의 그 노인이 다른 플레이어에게도 똑같이 [1UP 코인]을 두 개만 팔아왔다는 것, 그리고 그게 상식이 되어 있었다는 것에 대해서다.

그 노인, [1UP 코인]의 재고가 2개뿐이란 건 분명 거짓말일 거야. 틀림없어.

그렇게 노인에 대한 불신을 늘어놓고 있을 시간은 길게 이어지지 않았다. 카자크의 눈에 살기가 일었기 때문이다.

"네놈의 눈빛을 조금 바뀌게 해주지."

Chapter 5

스걱!

카자크의 공격은 아무런 전조 없이 행해졌다.

여전히 [간파]와 [후의 선]은 작동하지 않았다.

동체에서 목이 떨어져 나가는 감각은 처음이 아니더라도 끔찍했다.

내게 큰 살의를 품고 있지 않음에도 불구하고, 내 남은 목숨을 소진시켜 내 밑바닥을 관찰해 보겠다는 알량한 호기심 하나로 카자크는 또 내 목을 잘랐다.

하지만 이번에는 지난번과 달리 단번에 죽지 않았다.

[삼위일신]

—[제2의 분신]

내 '본체'가 죽는 순간, 얼마 전에 새로 얻은 유니크 스킬의 두 번째 옵션이 발동하면서 나의 목숨을 연장시켜 주었으니까. [제1의 분신]을 활성화하지 않은 상태니, 이번엔 [제2의 분신]이 정상적으로 발동했다.

내가 죽으면 두 개의 분신이 나타나며, 분신 상태로 15초를 버티면 부활할 수 있는 옵션.

기습을 당하긴 했지만 이것도 계산 안에 있었다. 애초에 카자크의 참격은 내가 반응할 수도 막을 수도 없었으니 당연히 이런 상황을 예측했다.

자, 이대로 15초를 버티면 나는 되살아날 수 있다. 그런데 과연 그게 가능할까?

적의 공격을 막을 수도, 회피할 수도 없는 상황에서 15초는 '고작 15초'가 아니다. 그야말로 영원에 가까운 시간.

그러나 15초간 죽지 않고 버틸 방법이 내게 하나 있었다.

[진리대마공—개]

—[진리활화]

능력치를 극단적으로 끌어올려주는 [진리활화], 그리고 [진리활화] 활성화 중에 즉사 피해를 받으면 자동적으로 커지는 [진리불사]. 이 두 옵션을 잘 활용한다면 15초를 연명할 수 있을지도 모른다.

게다가 직감을 이렇게까지 높였으면 카자크의 '굉장히 빠른 베기'를 간파할 수 있을지도 모른다는, 내가 생각해도 근거가 희박한 가능성에 걸어볼 수도 있을 터.

아직까지는 분신의 처지인 두 명의 나는 동시에 예정했던 대로 카자크로부터 거리를 벌렸다. 물론 서로 다른 방향으로.

하나라도 살면 된다!

"재미있는 능력이로군! 허나 소용없다!!"

써걱.

카자크가 왼쪽의 나를 베었다. 목을 단번에.

원래대로라면 즉사였으리라.

[진리불사]

하지만 진리활화의 추가 옵션인 진리불사는 즉사를 무효화시킨다. 진리활화의 지속 시간은 30분, 진리불사는 그 전반이니 앞으로 15분간 나는 죽지 않는다.

진리불사를 깰 다른 방법이 카자크에게 없다면 말이지만.

그런데 과연 그런 방법이 카자크에게 없을까?

나도 즉사 방지를 지닌 인퀴지터를 죽인 경험이 있다. 만약 진리불사의 불사 능력을 깰 수 있는 스킬이 있다면 나 또한 인퀴지터처럼 죽게 될 것이다.

"뭣?! 이놈!!"

카자크의 당황한 반응이 내게 희망을 가져다준다. 당황을 하다니. 고작 좀 당황시킨 것 갖고 통쾌한 기분이 드는 것도 웃기지만, 지금은 냉정해야 할 때였다.

이번 시도로 카자크에게 예지 능력이 있는 건 아니라는 게 밝혀졌다.

만약 예지 능력을 지녔다면 내 [삼위일신]—[제2의 분신]이 지닌 특성에 대해 알아차렸을 거고, [진리불사]에 대해 알고 있었다면 내가 [진리활화]를 발동시키기 전에 날 무력화시켰을 테니까.

첫 죽음 직전에 삼위일신을 발동해 본 이유도 이것이었다.

가설의 증명.

내 스킬의 발동을 미리 막을 수 있을까? 내 스킬의 특성을 미리 알아챌 수 있을까?

카자크는 둘 다 불가능했다.

이것을 알게 된 것만으로 두 번째 죽음은 의미가 있다.

하지만 그렇다고 바로 죽어줄 순 없지.

[섬전 신속]

나와 내 분신은 동시에 내 최속의 스킬을 발동해 서로 간의 거리를 벌렸다.

"어리석은! 우습다!!"

카자크는 벼락같이 외쳤다. 그리고 바로 다음 순간, 내 등 뒤를 카자크가 점했다.

'어느' 나의 등 뒤지? 라고 생각했지만, '두' 나는 서로의 등 뒤에 각각 카자크가 나타났음을 생각과 동시에 인지했다.

아니, 이런 것도 가능하단 말이야? 이번에는 어쩔 수 없이 난 경악을 금할 수 없었다.

게다가 이 등 뒤를 잡는 스킬도 [후의 선]이 읽어내지 못했다. 시야에서 벗어나서 그런가 했지만, 내 두 분신은 서로를 마주 보고 있었다. 즉, 시야의 사각이 사라진 상태였다.

그럼에도 불구하고 카자크의 움직임을 후의 선이 읽어내지 못했다는 건, 이 스킬 또한 엄청나게 빠르다는 소리다.

시간을 거슬러 오를 정도로.

[진리활화]와 직감 효율 100% 증가의 종족 특성으로 극대화된 내 직감으로조차도 간파하지 못할 정도로.

"자, 죽어라. 한 번 더 말이다!"

등 뒤에서 카자크의 음성이 소름 끼치게 들렸다.

눈앞이 까맣게 물들었다.

모든 게 예상대로였다.

예상대로 막막했다.

　　　　　*　　　　　*　　　　　*

여긴 또다시 카르마 마켓이었다.

즉, 난 또 죽었다.

카자크는 [진리불사]를 뚫고 날 죽일 스킬을 갖고 있었다.
[간파]가 통하지 않아서 그 스킬이 뭔지는 모르겠지만 말이다.

어쨌든 그 결과, 진리불사의 지속 시간인 15분을 못 버티고
난 죽어버렸다.

"이렇게 짧은 시간에 연속적으로 절 찾아오시게 되다
니…… . 강적에게 찍히신 모양이로군요."

노인이 말했다.

"네."

나는 고개를 끄덕였다.

순식간에 [1UP 코인] 2개를 써버렸다. 남은 건 하나. 반대로
말하자면 한 번 더 죽어줄 수 있다는 뜻이다.

더욱이 카자크는 이유는 모르겠지만 내게 호의를 품었으니,
마지막 목숨만 남았을 때 날 살려줄 수도 있다.

아니, 이건 아니지.

'살려줄 수도 있다'는 막연한 생각에 내 모든 걸 걸어선 안
된다.

걸어야 되는 건 칩도 아니고 목숨이다. 하나뿐인 목숨. 진

짜 목숨 말이다. 상대의 호의에 기대서 살아날 생각을 해선 안 된다.

더욱이 상대는 이미 날 두 번이나 죽인 적이다. 이 상황을 타파할 생각을 해야 했다.

하지만 어떻게?

[진리대마공—개]의 첫 옵션인 [진리마신—개]는 50%의 기본 능력치 상승을 가져다준다.

[진리활화]로 이 보너스를 세 배로 올릴 수 있다.

즉, 이번에 죽기 직전까지 내 민첩과 직감은 평소의 2.5배가 되어 있었다. 그럼에도 불구하고 카자크의 스킬에 대응하는 건 불가능했다.

능력치만 높아선 안 된다는 소리다. '엄청나게 빠른 베기'라는 추측에 직감을 극도로 높여 대응해 보려는 내 해법은 통하지 않았다.

게다가 [섬전 신속]도 무의미했다. 이건 처음부터 알고 있던 사실이지만, 카자크가 '두 명의 나'를 동시에 제압할 수 있다는 사실은 나를 더욱 절망으로 몰아넣었다.

말 그대로 내가 그동안 믿고 의지하던 주력 스킬들이 다 막힌 거나 다름없다.

카자크의 스킬 특성에 대해 좀 더 이해하게 됐지만 이건 별로 큰 소득이 아니었다. 돌파구는 여전히 보이지 않았기 때문이다.

"젠장!"

어차피 버린 목숨이라고 생각하고 막 질러봤는데, 상황은 더 절망적이 됐다. 게다가 이번에는 손에 쥔 패를 꽤 많이 써 버렸다.

죽어서 부활한다고 스킬 쿨타임이 초기화되는 것도 아니니, [진리불사]로 버티는 방법도 막혔고 이제 [제2의 분신]으로 생명 연장의 꿈을 이룩하는 것도 불가능해졌다.

이제 어쩌지?

나는 고뇌에 침잠했다.

말없이 나를 바라보던 노인이 문득 내게 말을 걸었다.

"만전의 술을 가져다드릴까요?"

"부탁합니다."

술이라도 마시지 않곤 못 배기겠다!

"후욱, 후……."

나는 술로 인해 뜨거워진 입김을 내뱉었다. 한껏 취하고 싶은 기분이었지만, 이렇게 도수가 높은 술을 마셨음에도 취기는 조금도 느껴지지 않았다.

"귀환의 돌을 사용하시겠습니까?"

노인은 지난번에 죽었을 때와 똑같은 질문을 해왔다. 그리고 나는 같은 대답을 돌려주었다.

"아뇨."

준비 시간이 몇 분 더해진다고 바뀔 상황이 아니다. 도망칠 수 있을 거라는 생각도 안 들고. 오히려 카자크의 화만 돋울 가능성이 컸다.

"저기, [1UP 코인]을 더 살 수 없을까요?"

혹시나 해서 나는 노인에게 물어봤다. 가진 코인이 많아진 다고 상황이 크게 바뀔 것 같지는 않았지만 어쨌든 기회는 많을수록 좋으니까.

하지만 노인은 고개를 저었다.

"아직 입고되지 않았습니다."

일부러 팔지 않는다는 생각도 들었지만, 이런 곳에서 노인에게 따지고 들 순 없다. 이 노인은 내가 생각하는 것 이상의 거물일 테니까. 더군다나 이 공간에서는 스킬도 못 쓴다. 무모한 시도는 그냥 접어두는 게 좋은 생각 같았다.

"그럼 카르마 마켓의 다른 상품은요?"

지난번에 노인은 더욱 다양한 상품을 마련해 놓겠다고 이야기한 적이 있었다. 이제까지 노인이 보여준 상품들은 별로 전투에 유용한 것들은 아니었지만, 혹시 또 모르지 않은가?

그러나 노인은 고개를 저어 내 기대를 꺾어버렸다.

"너무 빨리 오셨습니다."

가능하면 예의 바르게 굴려고 했던 마음은 거기서 꺾였다.

"아니, 두 달이나 지났는데도요?"

"면목이 없습니다."

면목이 없다는데 더 따질 수도 없는 노릇이다.

이렇게 된 이상 어쩔 수 없다. 마지막으로 생각했던 수단을 쓰는 수밖에.

나는 심호흡을 한 번 했다.

─동일 계열 스킬을 5개 이상 소유하고 있습니다.

─[진리대마공─개], [구십구양신공], [태양일지섬], [전설의 강타], [섬전 신속]

─스킬 승화가 가능합니다. 실행하시겠습니까?

[주의!] 승화에 사용한 스킬은 다시 얻을 수 없습니다.

전설의 강타가 왜 진리대마공이나 구십구양신공과 같은 계열로 포함됐는지는 나도 모른다. 초절강타였을 때는 안 그랬는데.

아마 전설급으로 등급이 오르며 그 위력이 마력이나 내공을 사용한 레벨에 달했기 때문일 것이라 추측할 뿐이다. 유령 같은 것도 때릴 수 있는 [필멸]이 붙어서 그런 걸 수도 있고.

어쨌든 한순간의 변심으로 손에 넣게 된 이 스킬 덕에 [진리대마공─개]를 비롯한 내 주력 스킬들을 승화시킬 수 있게 되었다.

솔직히 말하자면 아직도 꺼려진다. [진리대마공─개]와 [섬전 신속], 그리고 초반의 내 필살기였던 [초절강타]의 강화 버전을 승화로 갈아 넣는 것이.

하지만 어쩌겠는가? 내게 다른 방법은 없다. 스킬보다야 목숨이 소중하다.

스킬 승화를 시킨다고 확실하게 이길 수 있는 것도 아니지만, 이길 수 있는 가능성을 빚어낼 수 있는 수단이라곤 이거 하나뿐이다.

나보다 확실하게, 그것도 초월적으로 강한 상대와 맞서는데 도박 수도 안 쓰고 어떻게 이기겠는가?

"고객님."

노인이 나를 불렀다. 부활할 시간이 다 되었다는 통지를 해주기 위해서겠지.

더 고민할 시간은 없었다.

"승인한다."

나는 스킬 승화를 승인했다.

이 공간, 카르마 마켓에선 스킬이 통하지 않기 때문에 내 몸에서 스킬의 힘이 빠져나가는 감각은 느껴지지 않았다. 그저 내 스킬 목록에서 스킬들이 사라지는 것을 보고 있을 따름이지만, 그 순간 내가 느끼는 감정은 감각을 뛰어넘었다.

"아아……"

나는 나도 모르게 탄식을 토해내고 말았다.

"그럼 고객님, 무운을 빕니다."

노인의 인사말이 들렸다. 그 인사말로 내게 남겨졌던 시간이 아슬아슬했음을 알 수 있었다.

빛이 꺼지고, 어둠이 드리운다.

*　　　*　　　*

인스펙터 카자크.

그 또한 다른 플레이어 출신 인스펙터들처럼 튜토리얼 세계를 졸업하고 교단으로부터 스카우트를 받은 사례였다.

졸업 레벨이 특별히 높지도 낮지도 않고 능력치도 평범한 축이었던 카자크가 높이 평가를 받은 이유는 오로지 하나, 이 특성 때문이었다.

고유 특성: [1초 더 빠르게]
—등급: 고유(Unique)
—등급: EX랭크
—설명: 1초 더 빨리 행동할 수 있다.

카자크가 무려 EX랭크에 달하는 자신의 고유 특성의 진가를 깨달은 건 그가 튜토리얼을 졸업한 후의 일이었다.

카자크 본인은 평범하게 스킬을 쓰고, 공격을 해서, 적을 쓰러뜨리고, 보상을 얻었다. 모든 공격이 적중하고, 적의 공격을 회피하는 것은 쉬웠지만, 그것이 얼마나 대단한 것인지는 알지 못했다.

당시의 카자크는 그저 튜토리얼의 적들이 너무 약해서 이런 거라고 생각했을 따름이다. 왜냐하면 '튜토리얼'이니까, 말 그대로 교육과정에서 출현하는 적들이 강하면 얼마나 강하겠냐고. 그런 적들에게 살해당하는 다른 플레이어의 사정을 그가 깨달을 필요는 없었다.

그러나 튜토리얼을 졸업한 후, 쟁쟁한 플레이어 사냥꾼들을 쓰러뜨리며 카자크는 그제야 자신의 고유 특성이 얼마나 특별한 것인지 깨닫게 된다.

'시간을 정지시킨 건가?'

'시간을 되돌리고 있어!'

카자크에게 죽어나간 적들은 이런 소릴 하며 죽어갔다.

카자크 본인의 입장에서는 황당한 소리였다. 그는 그저 평범하게 스킬을 썼을 뿐인데 저런 반응을 보이다니. 그게 한두 번이면 모르겠지만, 거의 모든 상대들이 같은 말을 하니 카자크도 그런가 보다 생각하기 시작했다.

아, 나는 시간을 되돌리며 싸우고 있구나. 카자크는 그렇게 납득해 버렸다.

이런 게 고유 특성으로 주어져도 될까 싶을 정도로 강력한 능력이었으나, 카자크는 별로 깊게 생각하지 않았다. 다른 사람의 고유 특성 따위 신경 쓸 것도 없었고, 타인과 비교할 필요도 없었으므로.

이것이 나의 재능이구나, 하고 막연히 생각했을 뿐이었다.

태어나면서부터 잘생긴 인간도 있고, 절대음감을 가진 인간
도 있다. 그렇다면 플레이어의 재능으로 이런 게 있어도 이상
할 게 없다. 카자크는 그렇게 납득해 버렸다.

납득한 다음에는 유효하게 활용하는 일만이 남았다.

이 초월적인 고유 특성으로 인해 카자크는 이제까지 적어
도 같은 플레이어 상대로 1 : 1은 절대로 패배하지 않았다.

어느새 그것이 카자크에겐 당연한 '상식'이 되었다.

"왔나."

[1UP 코인]으로의 부활 텀은 10초도 되지 않는다. 부활하
는 본인은 최대 3분까지 카르마 마켓에 머물고 있다고 느끼지
만, 그것은 카르마 마켓에서는 시간이 느리게 흐르기 때문이
다.

지금 카자크의 타깃인 이진혁은 10초 꽉 채워서 다시 돌아
왔으니, 아마 카르마 마켓에서 체류 가능한 시간을 다 쓰고
돌아왔으리란 것을 익히 예상 가능했다.

'어지간히 죽기 싫었던 모양이지.'

카자크는 이를 드러내며 웃었다.

'그래도 죽일 거지만.'

1:1 전투에서는 절대 패배하지 않는다. 지금껏 깨지지 않은
이 '상식'은 카자크를 절대적인 강자로 만들었고, 상대를 한낱
유희거리로 전락시켰다. 고양이가 쥐를 갖고 놀 듯, 카자크는
상대는 가지고 논다. 그리고 이진혁이 '이번' 쥐였다.

"자, 한 번 더 죽어라. 마지막 목숨이다!!"

카자크는 웃으며 외쳤다.

[절단]

레어 스킬에 불과한 [절단]이지만, 카자크의 고유 특성과 결합되면 절대로 막을 수 없는 무적의 필살기로 변모한다. 목과 몸통이 분리되고도 살아남을 자는 드무니까.

물론 몇 초 전의 이진혁처럼 조건부 부활이나 불사 관련 스킬이 있다면 이야기는 조금 달라지지만, 조금 달라질 뿐이다. 불사 무효 스킬을 때려 박으면 끝나는 일이니까. 실제로 카자크는 방금 전에 그렇게 이진혁을 죽였다.

더욱이 '이번' 이진혁은 이미 부활 관련 스킬과 불사 비슷한 스킬을 소모했다. 그 정도로 좋은 효과의 스킬에는 반드시 높은 소모 값과 함께 긴 재사용 대기 시간이 붙어 있다.

죽은 후 [1UP 코인]으로 살아 돌아온다고 그 소모 값이나 쿨타임이 없어지는 것도 아니니, 죽이는 데는 절단으로 족하다.

카자크는 그렇게 판단했다.

하지만 그 판단은 틀렸다.

카앙!

공격이 막혔다.

"…[절단]? 겨우 레어 스킬이었어?"

카자크가 제대로 된 판단을 내리기까지는 1초의 시간이 필요했다. 일개 플레이어 상대로 그의 공격이 막힌 것은 처음이었으므로, 판단이 다소 늦은 건 어쩔 수 없는 일이었다.

그러나 전투 중에 1초의 딜레이는 치명적인 결과를 낳는다.

카자크가 이제껏 1초의 우위를 바탕으로 무적의 승률을 자랑해 온 것이 그것을 증명한다.

퍼억!

"어억……!"

원래대로라면 1초 빨리 회피에 성공해야 했다. 상대에겐 순간 이동처럼 보일 회피. 적어도 근접 공격은 확실하게 회피할 수 있을 터였다.

그러나 보다시피 카자크의 심장은 이진혁의 주먹에 의해 꿰뚫려 있었다.

"이런……. 이런 게 가능할 리가!"

심장을 꿰뚫려도 사람은 바로 죽지 않는다. 그렇기에 카자크도 즉사하지는 않았다. 그렇게 카자크는 기회를 얻었다.

"어떻게 갑자기!"

유언을 남길 기회를.

"운이 좋았지."

눈앞의 이진혁은 쓸쓸하게 웃으며 말했다.

"운이 좋았던 거야."

카자크는 눈앞이 까맣게 변하는 것을 느꼈다. 죽음의 시간이 찾아왔다는 신호였다.

*　　　*　　　*

카자크의 목숨이 하나뿐일 리 없다. 그는 곧 살아 돌아올 것이다. 그 증거로 경험치는 들어왔지만 카르마의 연산은 이뤄지지 않고 있었다.

"하지만 경험치는 달콤하군."

카자크는 나보다 훨씬 강했고 인퀴지터에 비해서도 초월적일 정도로 강했다. 그리고 그 강함은 곧바로 경험치로 치환되어 내게 돌아왔다.

─레벨 업!
─레벨 업!

정확히 레벨을 두 단계 올릴 정도의 경험치. 그로 인해 나는 26레벨 반격가가 되었다.

5레벨마다 새로운 직업 스킬을 얻는 건 한계돌파를 한 뒤로도 같은지, 뭔가 스킬을 얻긴 했는데 그걸 확인하고 있을 시간은 없었다.

지금 막 카자크가 돌아왔기 때문이다.

"[1UP 코인]인가."

나도 코인을 통한 부활을 경험해 보긴 했지만, 다른 사람이 코인을 쓰는 건 처음 봤다. 시체와 함께 완전히 사라졌다가, 10초 정도 후에 죽었던 자리에 돌아온다.

"네놈······."

돌아온 카자크는 이를 갈았지만, 죽기 전까지의 기세는 간곳없었다.

나는 직감했다.

카자크는 나를 두려워하기 시작했다.

"왜 그래? 처음 죽어본 사람처럼."

"하, 하하."

내 말에, 카자크는 허탈하게 웃었다.

"그래, 네가 처음이다. 이것이… 죽음이로군."

이번에는 내가 놀랄 차례였다.

"뭐? 정말로?"

하긴 이 정도로 강력한 고유 특성을 타고난 플레이어다. 누군가에게 살해당할 일이 좀처럼 없긴 하겠다 싶다.

내가 카자크의 이른바 '시간을 되돌리는 능력'을 스킬이 아니라 특성이라고 추측하는 이유는 그가 쓰는 모든 스킬에 같은 속성이 붙기 때문이었다.

공격뿐만 아니라 이동, 회피에 이르기까지 전부.

다시 생각해도 말도 안 되게 강력한 능력이다. 뭔가 페널티가 있긴 하겠지? 있을 것이다. 잘은 모르지만 없으면 안 된다.
그런 생각이 들 정도로 강력하다.

나도 꼼짝없이 죽을 뻔했으니.

[진리명경]+7
─등급: 신화적 유일(Mythic Unique)
─숙련도: S+++랭크
─효과: 진리는 빛이요 생명이니.

이 스킬이 없었다면 말이다.

이 스킬? [진리대마공─개]를 비롯한 내 주력 스킬을 모조리
쏟아부어 승화시킨 결과물이다. 레전드 유니크급 스킬을 필두
로 레전드급 스킬만 3개를 들이부었더니 그 결과물로 무려 신
화 유일급 스킬이 나와 버렸다.

신화 유일급 스킬인 만큼 사용에 신성이 필요한 데다 세부
사항은 온통 숨겨진 옵션이라 내 실질적인 전력은 반토막이
되었지만, 적어도 카자크의 고유 특성 효과를 상쇄하는 데는
도움이 되었다.

[진리명경] S+++랭크 세부 효과
[명명백백]: 모든 눈속임이 백일하에 드러난다.

유일하게 [진리명경]의 밝혀진 옵션 중 하나다. 세부 효과의 설명문치곤 지나치게 모호한 표현이지만 효과는 확실하다. 카자크의 '시간을 1초 거슬러 오르는' 스킬의 발동을 간파하게 해준 것이 다름 아닌 [명명백백]이었다.

　그것은 기괴한 경험이었다. 카자크가 [절단] 스킬을 사용한 순간, 나의 인지능력이 1초의 시간을 거슬러 오르는 그 감각은.

　그 후에는 간단했다. [절단]을 [후의 선]과 [간파]로 보고 그냥 두 걸음 뒤로 물러나 공격을 피하면 됐다. 그렇게 회피를 마치자 [명명백백]의 효과가 끝나고, 나의 인지능력이 원래의 시간으로 돌아와 맞춰졌다.

　이 감각은 그 어떤 말로 설명해도 온전히 전달되지 않으리라.

　이 경험은 한 번으로 끝나지 않고, 내가 카자크의 심장에 주먹을 때려 박을 때도 똑같이 적용되었다. 카자크가 회피를 시도하자 또 인지능력이 1초를 거슬러 올라 놈의 회피 궤적을 뻔히 볼 수 있게 되었고, 나는 그냥 놈의 심장을 향해 주먹을 내질렀더니 맞았다.

　그렇게 해서 나는 카자크를 죽였고, 앞으로도 죽일 수 있게 되었다.

　발동할 때마다 신성이 소모되는 건 좀 신경 쓰이지만 뭐 어쩌겠는가. 죽는 것보다는 나으니 그러려니 해야지.

한 번 발동에 2의 신성을 필요로 한다. 지속 시간은……. 모르지만 이 정도로 강력한 효과다. 아마도 1분 정도일 거다.

만약 카자크가 내 스킬에 대해 파악한다면 이걸 공략하는 것도 간단했다. 그저 공방을 좀 더 이어나가면 된다. 그렇게 시간을 끌다 보면 이윽고 내 신성이 바닥날 거고, 나는 다시 카자크의 고유 특성을 공략할 방법을 잃을 테니까.

하지만 카자크는 그러지 않았다.

"내가 이런 상황을 맞이할 거라고는 생각도 못 했는데."

카자크는 불쾌한 듯 입술을 우물거리다가, 내게 이렇게 말했다.

"이제 네가 질문할 차례. 내가 대답하기로 하지."

나는 카자크의 말에 담긴 의미를 곱씹었다. 별로 오래 생각할 필요는 없었다.

카자크는 방금 내게 살려달라고 말한 것이다.

"목숨 구걸치곤 시크한데?"

내 비꼬는 말에 카자크는 시선을 피하며 대꾸했다.

"죽는 게 별로 좋은 건 아니더라고."

그야 그렇다. 죽음은 별로 좋은 게 아니다. 누군들 죽고 싶겠는가? 나도 방금 전에 두 번 죽어봐서 잘 안다.

아무튼 바라던 바다. 나는 카자크가 원하는 대로 질문을 하기로 했다.

"가나안 계획이 뭐야?"

그런 내 질문에 카자크는 의표를 찔린 듯 날 멍하니 바라보았다.

"…몰랐던 건가?"

아무래도 카자크는 정말로 내가 가나안 계획이라는 것에 대해 뭔가를 알고 있다고 생각했던 모양이다. 그러나 가나안 계획이라는 키워드에 대해서는 카자크에게서 들은 것이 처음이다. 나는 그런 카자크의 반응에 흡족하게 웃었다.

"내 연기 실력도 나쁘지 않았던 모양이로군."

크윽, 하고 카자크는 이를 갈다가 포기한 듯 한숨을 내쉬었다.

"대답하도록 하지."

그래, 그럴 수밖에 없을 것이다. 나는 고개를 끄덕여 주었다.

"그러도록 해."

*　　　　*　　　　*

카자크는 이런 말로 운을 뗴었다.

"너도 지구인이니 엑소더스에 대해서는 잘 알고 있으리라고 믿는다."

모른다.

내가 아는 엑소더스라곤 기독교 성경 구약에 나오는 출애굽뿐이다. 카자크가 말하는 엑소더스는 이것과는 별개의 것이겠지. 그러니 내가 알 리 만무했다.

하지만 나는 그런 낌새는 내비치지 않은 채, 카자크의 이어질 말을 기다렸다.

"당시 교단에서는 지구인들을 대거 영입했지. 튜토리얼이 열린 시기가 다소 늦었다고는 하나, 강력한 플레이어가 많았던 지구의 인재를 영입할 수 있었던 건 교단에게는 상당한 호재였다."

카자크의 이야기를 들으며, 나는 카르마 마켓에서 노인에게 들었던 지구인에 대한 이야기를 떠올렸다. 지구인이 나만 남기고 멸종해 버린 에피소드에 대해서.

모든 지구인이 다른 종족으로 변경했기 때문이라고 노인은 말했는데, 나는 그게 현실적으로 가능한 일인지에 대해 의구심을 품은 적이 있다. 왜냐하면 카르마 마켓에서 파는 종족변경권은 매우 비쌌기 때문이다.

그러나 종족을 변경하는 것이 카르마 마켓에서만 가능한 일은 아니리라는 가설을 떠올렸는데, 아무래도 교단이 그 다른 방법을 제시한 단체 중 하나인 것 같았다. 지구인 플레이어를 대거 받아들였다는 말에서 그걸 유추해 낼 수 있었다.

그렇게 많은 지구인 플레이어를 받아들였는데, 그들 중에 지구인으로 남은 플레이어가 단 한 명도 없다면 교단에서 뭔가 솔루션을 제공했을 거라고 보는 게 타당하겠지.

"실제로 지구 출신 플레이어들은 큰 도움이 되었지. 그들이야말로 열세를 면치 못했던 만신전과의 경쟁에서 우위에 설 수 있게 된 원동력이라고 봐도 무방했다."

카자크의 말에 나는 약간 놀랐다.

그의 말에 따르면 마치 만신전과 교단이 별개의 단체 같지 않은가? 내가 크리스티나에게 들기론 만신전과 교단은 같거나 밀접한 연관이 있는 세력이란 것 같았는데. 아무래도 그게 틀린 정보인 것 같았다.

크리스티나가 내게 거짓말을 했다고 보기보다는 인류연맹의 정보가 늦거나 틀렸다고 보는 게 옳을 것이다. 왜냐하면 크리스티나가 내게 그런 거짓말을 해서 얻을 게 별로 없으니까.

더욱이 교단이건 만신전이건 인류연맹의 적이라면, 그런 구분은 큰 의미가 없다고 보는 시각도 있을 수 있었다.

"상대적으로 세력이 약했던 교단이 만신전과의 지구인 영입 경쟁에서 이길 수 있었던 이유가 따로 있다. 교단이 건 바로 이 조건 때문이었다."

새로운 별개의 의문은 카자크가 해소해 주었다. 사실 지구인들은 좀 더 크고 강력한 세력에 영합하길 좋아하는 경향이 있다. 그럼에도 불구하고 카자크가 대놓고 '열세를 면치 못했다'고 표현할 정도로 약한 단체인 교단에 지구인들이 합류한 이유가 따로 있긴 할 것이다.

"교단은 지구인 출신 플레이어에게 제2의 지구가 될 신천지의 마련을 약속했어. 지구와 최대한 비슷한 조건에, 더욱 넓고 살기 좋은 곳이라는 조건이 붙었지."

지구인들이 왜 지구가 아닌 제2의 신천지를 찾아야만 했을까? 카자크는 내게 말해주지 않았고, 나도 딱히 묻지 않았다.

카자크는 말할 필요를 느끼지 못했을 거고, 나는 알 필요를 못 느꼈으니까.

"당시의 지구인들에게 있어선 혹할 만한 조건이 아닐 수 없었을 거다. 하지만 달콤한 조건에는 항상 함정이 도사리고 있고, 이 경우도 예외는 아니었다. 지구인과 계약을 맺을 당시, 교단은 지구인에게 제시했던 조건을 만족하는 행성을 소유하고 있지 못했어."

사기였군.

그야말로 제2의 맥마흔선언이라고 봐도 될 사기극이다.

1차 세계대전 시기, 영국은 팔레스타인의 아랍인들에게 독립을 약속하며 오스만 제국에의 반란을 부추겼다. 그 약속이 맥마흔선언이었다.

그런데 그 약속 자체가 이중계약이자 사기였다. 영국은 유태인들과도 똑같은 약속을 했었다. 그것은 밸푸어선언이었고,

이행된 건 밸푸어선언 쪽이었다.

그것과 비슷한 사기를 교단은 지구인 전체를 상대로 통 크게 처먹은 모양이었다.

"발등에 떨어진 불은 끄고, 교단은 만신전과의 생존 경쟁에서 일단 승리했지만 그 뒤가 문제였다. 교단의 주력은 어디까지나 지구인들이었으니까. 이들을 잃으면 세력 간의 경합에서 다시 주도권을 내주고 제자리로 되돌아가게 될 상황이니 교단도 필사적이었다."

다행히 지구인은 아랍인들처럼 내쳐지지는 않은 모양이었다.

나는 흥미진진하게 카자크의 이야기를 계속 들었다.

"그런 상황에서 교단 일부 세력에서 이런 계획안이 올라왔다. 간단히 말하면 '없으면 만들면 된다'는, 말은 쉬운 계획이었다."

그것이 어떤 계획인지 대충 감은 잡혔지만, 나는 잠자코 카자크의 이어질 말을 기다렸다.

"그것이 바로 가나안 계획이다."

카자크의 이어진 말은 내가 예상한 그대로였다.

성경에 등장하는 약속의 땅 가나안. 유태인들은 가나안에 도착한 후 토착 세력을 몰살시키고 그 젖과 꿀이 흐르는 약속의 땅을 손에 넣었다.

그리고 교단은 여기 이 땅에서 똑같은 짓을 행하고 있었다.

이 땅에 필드 보스와 괴물들을 배치해 토착 인류 종족들을 죽여 없애고 환경을 바꾸어 지구처럼 만드는 계획.

그것이 가나안 계획의 전모였으리라.

카자크가 나더러 가나안 계획에 대해 알고 있냐고 물어본 건 내가 지구인이라고 대답했기 때문이리라.

그리고 하나 더. 내가 인퀴지터들을 죽여 버린 것도 카자크의 의심을 사게 된 원인 중 하나였을 거고.

"가나안 계획은 교단에서도 극소수만 파악하고 있는 특급 기밀 사항이다. 파견된 관리자들이 범죄자, 살인마들로 구성된 것도 그들이 이 임무에 걸맞기 때문만은 아니었다."

살인멸구를 생각하고 있었군. 나로서도 쉬이 추측할 수 있는 내용이었다.

"…그리고 나는 그러한 가나안 계획의 전모를 파악하고, 별개의 보고 체계를 통해 폭로하기 위해 파견되었다."

잠깐 망설이던 카자크는 그렇게 털어놓았다. 그러고는 긴 한숨을 토해내며 말했다.

"여기까지 파고드느라 고생했는데, 이런 식으로 임무가 종료될 줄은 몰랐군."

이야기를 듣자 하니 아무래도 카자크는 가나안 계획을 추진하는 파벌의 적대 세력에서 파견한 첩자인 것 같았다. 이 가나안 계획은 도덕적으로 충분히 지탄받을 만한 안건이고, 정치적으로 유용하게 활용될 수 있을 테니 첩자를 보내는 것도 이상한 일은 아니리라.

흠.

카자크의 증언 전부를 신뢰하는 것은 아니다. 그렇다고 그가 순 거짓말만 했다고 생각하지도 않는다. 카자크는 내가 뭘 알고 뭘 모르는지 모르니, 빤히 보일 거짓말로 위험을 자초할 가능성이 매우 높지는 않다고 생각할 뿐이다.

하지만 진실 두 개를 어떻게 배열하느냐에 따라 그것을 거짓으로 만드는 것도 가능하고 어떤 오해를 의도적으로 불러일으키는 것도 가능하다는 것을 잊어선 안 된다.

그리고 카자크는 내가 모르는 것이 뭔지, 딱 하나만은 확실하게 알고 있다.

그것은 바로 카자크 본인의 정체다.

카자크가 가나안 계획을 세운 파벌의 편인지, 아니면 그 반대편인지는 내가 알 방도가 없다. 일단 카자크는 내가 인퀴지터들을 죽인 걸 보고 반대 파벌 쪽을 골랐을 가능성이 있다. 그게 더 생존에 유리할 테니까.

스스로를 인스펙터라고 밝힌 건 뭐, 내가 본인을 제압하기 전에 밝힌 것이니 아마 사실이겠지. 아닐 수도 있지만 그럴 가능성은 낮아 보였다.

자, 그럼 이제 어쩐다.

솔직히 말해 카자크를 살려두는 건 너무 위험했다. 지금까지는 운 좋게 인퀴지터를 한 명도 놓치지 않고 다 죽였으니 교단 상부에 내 존재가 밝혀지지 않을 수 있었다.

그건 말 그대로 운이 좋았던 거다.

인퀴지터들은 모두 범죄자들이어서 포지티브 카르마를 쌓지 못했고, 그렇기에 카르마 마켓에도 출입하지 못했다.

하지만 만약 상대가 카르마 마켓에 출입할 수 있다면?

죽은 후 마켓으로 가 [귀환의 돌]을 사용하면 내 추적을 피해 본진으로의 귀환이 가능해진다.

카자크가 바로 그 사례였다.

카르마 마켓에 대해 잘 알고, 출입도 가능한 자.

물론 카자크에게 [귀환의 돌]을 살 충분한 카르마가 없을 수도 있다. 내게 살해당한 후 바로 이곳에서의 부활을 선택한 이유가 그것일 가능성은 결코 낮지 않았다.

설령 그렇다고 해도, 나는 내 파멸을 스스로 불러들일 수도 있는 경우의 수를 쉽게 선택할 수는 없었다.

그러니 다른 방법을 택해야 했다.

다른 방법을…….

"자, 시간이 다 되었군."

내가 그렇게 고민을 하고 있으려니, 카자크가 문득 말했다.

"미리 말해두지만, 내가 그녀를 불러들인 것은 아니다. 그저 이쯤 되서 이쪽으로 오리라고 예측했을 뿐이지."

그녀? 그렇게 되물을 필요는 없었다. 내 직감이 먼저 해답을 알려주었으니까.

무시무시한 존재가 동쪽 하늘에서부터 날아 들어오고 있었다. 그 존재의 실루엣은 어디까지나 인간이었으나, 나는 이미 이 세계에서 가장 위험한 건 사람 모습을 한 존재라는 사실을 경험으로 학습했다.

"네 동료인가?"

"후배지. 하지만 나보다 강하다. 나처럼 특성 하나에 얽매이지 않았거든."

내 살의를 오연히 받아내며, 카자크는 이를 드러내며 웃었다.

"나는 이만 퇴장하도록 하지."

마치 날 도발하듯.

"날 죽여라."

나는 혀를 찼다.

"이것 참, 보기 좋게 당했군."

귀환을 택하지 않은 이유, 그리고 내게 목숨을 구걸한 이유. 내 질문에 순순히 대답하면서 시간을 끈 이유. 모두 저 여자가 오길 기다리기 위함이었군.

게다가 죽이라고 하는 걸 보니 [1UP 코인]을 하나 더 갖고 있음은 물론 [귀환의 돌]도 가지고 있는 모양이다. 만약 이 대담한 작전이 실패했다면 카자크는 그냥 죽고 귀환의 돌을 써서 도망쳤으리라.

이렇게 스스로를 위험에 빠뜨려서까지 날 함정에 몰아넣으려는 것을 보니, 내가 우려했던 것과 달리 카자크의 추적 능력은 별로 뛰어나지 않다는 것 또한 알 수 있었다. 한번 귀환했다가 아군과 합류해서 돌아오면 날 놓칠 수 있다고 판단한 결과물이 이것일 테니까.

"하지만 네 판단은 틀렸다."

내가 가장 두려워하던 경우의 수는 카자크가 내게 끈질기게 저항해 [명명백백]을 쓰게 만드는 것이었다. 신성을 전부 소모한 끝에 죽어나가는 것이 내게 있어서의 최악이었다.

그러나 카자크는 그 선택을 하지 않았고, 내겐 충분한 신성이 남아 있다.

그러니 이럴 수 있는 거다.

"[기아스]."

"뭣?!"

[기아스] 스킬에 대해 아는지, 아니면 그냥 직감이 그에게 명령한 건지 카자크는 놀라서 도망치려고 했다.

하지만 늦었다.

[기아스]의 시전 시간은 1초. 미리 대비하고 있었다면 카자크 정도의 플레이어가 회피하는 건 그리 어려운 일이 아니다. 그래서 나도 이제까지 섣불리 [기아스]를 쓸 수 없었던 거고.

아니, 정확히는 '회피하는 것이 어렵지 않을 거라고 판단했다'고 보는 것이 맞다. 이제까지는 그랬다. 지금은 그렇지 않다.

지금의 난 [명명백백]을 쓸 수 있고, 카자크의 초월적인 스피드가 어떤 형식으로 빚어지는 건지 간파했다. 그저 [명명백백]을 켜고 있는 것만으로 그 스피드를 봉인할 수 있으니, 더 이상 [기아스]를 아낄 필요가 없어졌다.

더욱이 이번 공격은 기습이었다. 카자크는 일부러 내 손에 죽기 위해 무방비 상태였고 말이다. 결국 카자크는 [기아스]를 회피하는 데 실패했고, 기아스의 힘은 카자크에게 파고들어 그를 정지 상태에 빠지게 만들었다.

자, 그럼 이제 적절한 명령어를 골라야 한다.

지난번, 내가 처음 [기아스]를 썼을 때는 상황도 급박하고 해서 [힘의 말: 죽어라!]와 별 다르지도 않은 식으로 사용하고 말았다. 하지만 이제는 다르다. 세 글자에 불과한 기아스를 어떻게 활용할 건지에 대해 나는 충분히 고민하고 생각했다.

그 결과, 나는 이런 발상을 떠올렸다.

"[배신해]라."

Chapter 6

　주어와 목적어 없이도 충분히 내가 원한 결과물을 빚어낼 수 있는 몇 가지 명령어들. 이번에 내가 꺼내 든 명령어는 그중에서도 가장 악독한 부류의 명령어였다.

　"적을 상대로는 배신할 수 없지. 네 아군을 상대로 배신하고 와라."

　이로써 카자크는 더 이상 날 적대할 수 없다,

　정확하게 하자면 날 적대하는 것보다 기아스를 따르는 것, 즉 자신의 아군을 배신하는 것을 더욱 우선하게 된 거지만.

　어쨌든 이로써 카자크의 특이한 특기를 더 이상 경계할 필요가 없어졌으므로 나는 [명명백백]을 꺼버렸다. 이로써 더 이상 신성을 낭비하지 않게 된 건 좋은 일이다.

"큭, 크아악!"

[기아스]에 걸린 카자크가 갑자기 그 자리에서 사라졌다. 그리고 다음 순간, 카자크의 모습은 그가 후배라고 지칭한 여자의 정면에 나타나 있었다. 여자의 목이 동체에서 분리되는 결과만이 내게 보였다.

[명명백백]을 끄니 진짜 아무것도 안 보이는군. 하지만 추측은 가능하다. 여자에게 접근한 동시에 [절단] 스킬을 사용한 것이리라.

"여자가 너보다 더 강하다며."

카자크에게 들릴 리는 없지만, 나는 그렇게 비웃어줬다.

이것으로 여자는 한 번 죽었지만 이렇게 카자크의 '배신'이 끝날 리가 없다. 카자크가 저 여자더러 자기 후배라고 했으니, 여자도 인스펙터일 확률이 높았다. 그러니 [1UP 코인]을 지녔을 가능성도 결코 낮지 않지.

여자가 [귀환의 돌]을 쓴다 해도 카자크는 여자의 귀환 지점을 알고 있을 테니, 거기까지 따라가 여자를 죽일 터였다.

여자를 완전히 죽인 뒤에 카자크는 다음 배신 대상을 찾아 떠날 것이다. 그의 궁극적인 상대는 매우 높은 확률로 교단 전체가 되리라.

"끔찍하군."

배신에 배신을 거듭해 더 배신할 상대가 없어지면 카자크는 내 [기아스]를 완전히 이행한 셈이 된다. 그러면 스킬의 힘에서 벗어난 카자크가 내게 복수하러 올 가능성도 없지는 않았다. 만약 카자크가 절대적 강자였다면 난 결코 이런 명령을 내리지 않았으리라.

하지만 카자크는 매우 높은 확률로 교단에 의해 처단당할 것이다. 아무리 봐도 카자크의 저 능력은 1:1 특화니까. 조직을 상대로 압도할 수 있을 만한 특성은 아니다.

내 작은 명령 하나가 사람 인생 하나 깔끔하게 말아먹은 셈이지만 뭐 어떤가. 카자크는 날 두 번이나 죽였다. 그리고 날 속이기까지 했지. 만약 카자크에게 [기아스]를 쓰지 않고 내가 직접 여자를 상대했다간 죽는 건 내 쪽이었을지도 모르는 일이다.

내 예상대로, 카자크는 어딘가로 떠나 버렸다. 여자의 귀환 지점으로 향한 건지, 아니면 교단으로 간 건지 나는 모른다.

어떻게 보면 내가 카자크를 놓친 셈이지만 크게 신경 쓸 일은 아니다.

카자크는 앞으로도 배신을 거듭할 테고, 그럼으로써 그가 가진 나에 대한 정보도 자연히 신뢰할 수 없는 것이 될 테니까.

"그럼 나도 이만 갈까."

카자크도 제 갈 길을 찾아갔으니, 나도 내 갈 길을 가야겠지.

딱히 어디로 가자고 정해놓은 건 아니지만, 그렇다고 여기 머물러 있는 것도 이상하다.

그건 그렇고, 마음이 무거워지는군. 산 너머 산이다. 어찌어찌 인퀴지터가 만만해졌다 했더니, 그보다도 강한 인스펙터가 나타났다.

물론 이번에는 운 좋게 상성인 스킬을 뽑아 이겼다고 해도, 다음에도 운이 좋으리라는 보장은 어디에도 없다. 운 능력치가 99를 넘겼다 한들, 이 운은 그저 시스템의 랜덤 수치에만 영향을 끼칠 뿐이니까.

"뭐, 더 강해져야지."

평소대로의 결론에 도달한 나는 여상스럽게 혼잣말을 내뱉고, 걸음을 옮기기 시작했다.

*   *   *

"선배, 어째서!"

안젤라는 부활한 자신의 귀환 장소까지 따라와 자신을 노리는 카자크의 모습에 큰 충격을 받았다. 이미 그녀는 두 번을 죽었다.

이제 남은 [1UP 코인]은 하나뿐. 한 번 더 죽어줄 수 있다고 해도, 자신이 왜 죽어야 하는지 모르는 이상 더 죽기는 싫었다.

"…이익!"

결국 이를 꽉 문 안젤라는 최후의 수단을 쓰기로 마음먹었다.

카자크는 안젤라의 선배이자 스승. 그렇기에 그 능력과 특성의 약점 또한 누구보다도 잘 알고 있었다. 그리고 그 약점을 찌를 수단 또한 갖고 있었다.

애초에 교단은 카자크가 배신했을 경우를 대비해 그를 암살할 수단으로써 안젤라를 인스펙터로 임명한 것이나 다름없었다.

카자크의 고유 특성은 암살자로서 너무나도 훌륭했고, 설령 그가 교단을 상대로 이길 수는 없다고 한들 고위 성직자 몇 명은 충분히 죽이고도 남을 정도로 위협적이었으니까.

그런 교단의 안배도 무의미하게 이미 안젤라는 만약 카자크가 교단을 배신하더라도 카자크의 편에 설 결심을 굳혔지만……

안젤라는 카자크가 자신을 배신할 가능성에 대해 미리 생각해 본 적이 없었다. 그렇기에 목숨을 두 개나 잃은 후에나 결심을 할 수 있었던 거다.

고유 특성: [인지의 지평선]
—등급: 고유(Unique)
—등급: EX랭크

―설명: 자신의 존재를 인지의 지평선 너머로 옮긴다.

안젤라가 자신의 고유 특성을 발휘하자마자, 카자크는 그녀를 바로 앞에 두고 있음에도 불구하고 그녀를 인지하지 못하고 주변을 두리번거렸다.

그것이 그저 그냥 두리번거릴 뿐인 것이 아님을 안젤라는 안다. 카자크는 지금 투명화나 은신을 간파하는 스킬을 쓰고 있는 상태다.

카자크 또한 자신의 고유 특성이 지닌 약점에 대해 잘 안다. 제아무리 1초 더 빨리 움직일 수 있다 한들, 공격해야 할 대상이 보이지 않는다면 선제공격을 할 순 없으니까. 그렇기에 그는 적을 인지하지 못하는 상황에 대한 대처를 확실히 해뒀다.

그러나 카자크가 미리 마련해 둔 대처법으로도 안젤라의 [인지의 지평선] 너머를 꿰뚫어 보지는 못한다.

안젤라는 카자크의 고유 특성에 대해 알지만 카자크는 안젤라의 고유 특성에 대해 모른다. 교단은 안젤라에게 카자크의 특성에 대해 알려주었고, 카자크에게는 그러지 않았으니까.

만약 카자크가 물어봤다면 안젤라는 그에게 자신의 고유 특성을 알려줬을지도 모르지만, 카자크는 묻지 않았다. 플레이어 출신끼리 각자의 고유 특성을 밝히지 않는 건 암묵의 룰이다. 그리고 평소의 카자크는 매우 매너가 좋았다.

그렇기에 안젤라는 이렇게 카자크를 상대로 완벽하게 우위에 설 수 있게 되었다.

"선배, 저한테 왜 이러는 건지 묻고 싶지만……. 이미 제 목소리가 들리지 않겠죠."

인지의 지평선은 그녀의 모습만을 숨기는 것이 아니다. 목소리, 체취, 체온, 발자국이나 혈흔. 심지어 접촉해도 그 감촉마저 지워 버린다.

"미안해요, 선배."

이미 카자크에게 두 번이나 살해당했음에도 불구하고, 안젤라는 그에게 사죄의 말을 했다. 뜨거운 눈물을 뚝뚝 흘리며.

최후의 일격을 망설이는 안젤라를 목전에 두고, 카자크는 침을 탁 뱉으며 이렇게 말했다.

"쳇, 쥐새끼가……! 나에게도 밝히지 않은 한 수가 있었단 말이지?"

안젤라의 동공이 크게 벌어졌다.

이렇게까지 거친 언동이라니. 그녀가 아는 선배는 이러지 않는다.

'역시 선배는 누군지 모를 적에게 조종당하고 있어.'

안젤라는 그렇게 믿으려 했다.

"안젤라! 너는 이미 죽은 목숨이다! 썩 나와라!! 설령 네가 교단으로 돌아가 날 고발해도 널 감싸줄 사람은 어디에도 없어! 넌 이미 내 함정에 빠졌으니까!!"

함정? 그게 무슨 소리지?

안젤라는 의문을 느낌과 동시에 스스로 그 답을 찾아냈다. 이제껏 그녀는 절대적인 신뢰를 카자크에게 바쳐왔다. 그렇기에 그의 행동에 의문을 느껴도 그냥 넘어간 일이 많았다.

그러나 한번 의심하기 시작하자 짚이는 점이 너무 많았다.

왜 카자크는 이제까지 직접 통신기를 조작하지 않았을까? 왜 계속 장갑을 끼고 있었지? 날 먼저 관리실에서 내보내고 카자크는 대체 뭘 했던 걸까?

안젤라가 이번의 보고를 위해 관리실로 돌아갔을 때, 카자크는 C지역으로 간다고 말했지만 실제로는 A지역으로 갔었다. 왜? 무엇 때문에?

짚이는 점은 이것뿐만이 아니었다. 안젤라가 카자크와 팀을 이뤄 함께 행동한 것은 어제오늘 일이 아니니까.

점점이 흩어져 아무런 의미를 갖지 못하던 단편적인 정보들이 선으로 연결되며, 안젤라가 그동안 무의식중에 부정해 오던 하나의 가설을 실제로 바꾸어놓았다.

카자크가 모종의 부정행위를 하고 그 책임을 안젤라에게 떠넘겨 왔으며, 그것으로도 모자라 언제든 그녀를 파멸시킬 수 있도록 교묘한 함정을 파놓았음을.

안젤라는 카자크에게 있어 그저 이용 대상일 뿐이었음을.

상황이 이렇게 됐으니, 아무리 사랑에 빠진 머저리라도 눈치를 못 챌 수 없게 되었다.

"…아니야, 그럴 리 없어."

그럼에도 불구하고 안젤라는 고개를 저었다. 믿고 싶지 않은 진실 앞에서 그녀는 눈물을 흘렸지만, 이미 완성된 하나의 결론은 더 이상 스스로를 기만하지 못하게 만들고 말았다.

안젤라의 뜨거운 눈물이 튀어 카자크의 얼굴에 닿았음에도 불구하고 그는 그 사실조차 인지하지 못했다. 그저 무감정하게 정면을 바라볼 뿐.

그런 카자크의 얼굴을 바라보는 안젤라의 뜨거운 감정도 천천히 식어가기 시작했다.

"쳇……. 역시 도망친 건가. 교단으로 돌아가 연락해야겠군."

카자크는 혼잣말을 하며 혀를 찼다.

그 순간, 안젤라의 마음속에선 위기감이 일었다. 이대로 카자크를 돌려보내면 자신에게 남은 건 오직 파멸뿐이라는, 직감적인 깨달음이 그녀의 뇌리를 스쳤다.

그리고 그 위기감은 곧장 행동으로 이어졌다.

[심장 꿰뚫기]

"크헉?!"

안젤라의 스킬에 의해 카자크의 심장에 커다란 구멍이 뚫렸다.

카자크는 전조도 없이 찾아온 갑작스러운 고통에 당혹했으나, 그것과는 별개로 등 뒤로 날카로운 공격을 날렸다. 눈에 보이지도 않았고 공격당하는 것도 눈치채지 못했으니, 당연히 배후로부터의 습격이라 생각했으리라. 그러나 안젤라는 지금도 그의 정면에 서 있었다.

"네년이, 나를!"

"그 말, 똑같이 돌려주겠어."

카자크의 말에 안젤라는 차갑게 대꾸했다. 어차피 듣지 못할 걸 알면서도.

[목 베어 죽이기]

결국 안젤라는 카자크의 목을 쳐 죽였다.

"이걸로…… 끝이라고 생각지 마라……!"

피거품을 물며, 카자크는 떨어진 목에 남겨진 마지막 호흡을 써 그렇게 저주했다. 그는 눈을 부릅뜬 채 죽었다. 그리고 그의 시체는 그 자리에서 사라졌다. 10초가 지나도 다시 나타나지 않는 걸 보니, [1UP 코인]을 사용해 부활한 후 [귀환의 돌]을 사용한 모양이었다.

그제야 안젤라는 카자크가 그녀의 귀환 위치는 알지만, 그가 자신의 귀환 위치는 알려주지 않았음을 뒤늦게 깨달았다.

"하핫……."

깨닫고 보니 정말 철저하게 이용만 당한 관계였다. 카자크는 안젤라의 연애 감정을 매우 잘 알고 있었음에도 눈치채지 못한 척하면서 호의를 이용해 이득을 편취했다.

"왜 그런 남자를 좋아했을까."

식어버린 감정은 이미 애증이라 할 수도 없는 것으로 바뀌어 있었다. 증오조차 아닌, 그저 차갑게 식어버리기만 한 그 감정의 이름은 허망함이었다.

복수하고자 하는 마음조차 일지 않았다. 앞으론 얼굴조차 보고 싶지 않다. 그것이 그녀의 솔직한 마음이었다.

동시에 그렇게 되지는 않으리란 걸 안젤라의 이성은 날카롭게 경고했다.

교단으로 돌아간 카자크는 안젤라를 고발하고 그녀를 파문으로 몰아넣을 것이다. 안젤라가 어떤 의도를 갖고 움직인 것은 아니지만, 카자크는 안젤라를 함정에 빠뜨리고도 남을 만한 여러 증거를 갖고 있었다.

배교자로 몰려 파문당하게 되면 그녀는 인스펙터로서의 지위를 잃고, 교단으로부터 부여받은 직업 레벨과 스킬도 박탈당하게 될 터였다. 그 뒤엔 교단의 암살자에게 쫓겨 다니다 주살당하는 미래만이 남게 될 터.

단순히 살아남기 위해서라도, 안젤라는 카자크가 자신을 고발하기 전에 움직여야 했다.

하지만 어디로? 갈 곳은 쉬이 떠오르지 않았다. 교단 외에 그녀가 발붙일 곳은 없었다. 이대로 파멸하는 것만이 내 결말의 전부란 말인가. 절망이 그녀를 사로잡았다.

"…그 적."

그러나 그때, 안젤라는 뭔가를 떠올렸다.

"카자크를 상대하던 그자를 찾아가야 해!"

그녀가 떠올린 것은 다름도 아니라 바로 이진혁이었다.

*　　　*　　　*

카자크와의 이번 전투는 내게 있어서도 크게 이득인 전투는 아니었다.

죽을 뻔했던 정도로 그친 게 아니라 실제로 두 번이나 죽어서 [1UP 코인]을 소모했는데, 적이 인퀴지터여서 인류연맹으로부터 추가 보상을 얻어낼 수 있었던 것도 아니고, 적을 후환 없이 완전히 살해할 수 있었던 것도 아니니.

사실상 내가 얻은 거라고는 인스펙터 카자크에게서 뜯어낸 레어 등급의 [절단] 스킬, 레벨 업을 두 번 할 분량의 경험치뿐이었다.

뭐, 레벨 업을 하면서 부가적으로 따라온 것들도 얻긴 했다. 대표적으로 스킬이라든가.

[현묘한 간파]

—등급: 매우 희귀(Super Rare)

—숙련도: 연습 랭크

—효과: 스킬 활성화 후 주시 중인 대상이 사용하는 스킬을 간파한다. 대상에 대해 이미 효과를 발휘하고 있는 스킬에 대해서도 간파한다.

반격가 26레벨에 도달하면서 새로 얻은 반격가 스킬은 이것이었다.

내게 향하는 적의 스킬을 자동으로 간파하던 패시브 스킬이었던 기존의 [간파]와는 달리 [후의 선]과 비슷하게 켜고 끄는 토글 스킬로, 내가 능동적으로 사용해 대상의 방어나 버프 스킬까지 간파해 낼 수 있다.

패시브 간파 스킬의 S랭크 보너스와 조합하면 꽤나 효율적으로 사용할 수 있을 것 같다.

그나저나 역시 직업 스킬은 합성이 안 되는 모양이다. [현묘한 간파]와 [간파], 아예 스킬 이름까지 겹치는 이 두 개의 간파가 합성이 안 되는 걸 보니 말이다.

어쨌든 반격가의 레벨 제한을 한계돌파 해두 계속해서 새 스킬을 얻고 성장할 수 있다는 건 매우 고무적인 일이다. 직감을 믿고 선택한 보람이 있다.

"하아……."

아무리 긍정적으로 생각하려고 해도, 역시 마음이 가라앉는 건 어쩔 수 없다.

[진리대마공—개], [섬전 신속], [전설의 강타] 등. 내 주력 중의 주력 스킬들을 다 갈아 넣고 새로 얻은 스킬인 [진리명경]이 내 마음을 무겁게 만드는 원인이었다.

[진리명경] S+++랭크 세부 효과
[명명백백]: 모든 눈속임이 백일하에 드러난다.

이게 전부다. 나머진 전부 [숨겨진 옵션]으로 도배되어 있었다.

[진리명경]에 갈아 넣은 다른 스킬들도 그렇지만, 특히나 [진리대마공—개]의 유용했던 패시브, 액티브 효과를 다 잃은 탓에 현재 내 전력은 크게 저하된 상태였다.

물론 명명백백 덕에 목숨을 건졌다 보니 불만을 말할 입장은 못 됐다. 목숨보다 비싼 건 없으니, 손해라 볼 순 없었다.

그래도 사람인 이상 아까운 걸 느끼는 건 어쩔 수 없는 일 아니겠는가?

"휴……."

아무튼 당분간은 스킬의 숨겨진 옵션들을 벗겨내 내가 쓸 수 있는 상태로 만드는 것에 주력해야 할 것 같았다.

그런데 숨겨진 옵션을 벗겨내려면 뭘 어떻게 해야 되지?

"한번 죽어봐야 되나?"

[진리불사]를 그런 식으로 활성화시켰었지. 그렇다고 진짜로 죽어볼 수는 없는 노릇이다. [1UP 코인]이 하나 남긴 했지만 그렇다고 이런 식으로 써버릴 건 아니니.

"그러고 보니 [진리초극]도 없어져서 마력도 못 다루게 됐네……."

나는 그렇게 탄식하면서 무의식적으로 마력을 운용했다.

우우웅.

그러자 마력이 내 의지에 따라 움직이는 것 아닌가?!

"오, 아?!"

나는 놀라움을 금치 못하면서도 [진리의 극]의 요령으로 마력을 운용했다. 그러자 마력은 내 의지대로 움직여 불꽃이 되기도 하고 벼락이 되기도 했다.

이럴 수가, 이런 것이 가능하다니!

이미 내 수중에는 [진리대마공─개]가 없음에도 불구하고 나는 관련 스킬을 여전히 가진 것처럼 마력을 다룰 수 있다.

"그럼 혹시……."

나는 그 자리에 가부좌를 틀고 앉았다. 이미 내게 [진리대주천]은 없으나, 진리대주천을 어떻게 해야 하는지는 알고 있었다. 나는 주의 깊게 마력을 움직였다. 그러자 아니나 다를까, 내 몸의 내면을 마력이 휘몰아쳤다.

진리대주천조차도 [진리대마공─개] 없이 재현이 가능하다는 것이 밝혀지는 순간이었다.

그리고 내가 진리대주천을 성공시킨 바로 그 순간.

―[숨겨진 옵션] 개방!
[진리현현] 그 눈빛은 번개요 숨결은 불꽃이리니.

숨겨진 옵션이 개방되었다.

[명명백백]과 마찬가지로 뜬구름 잡는 헛소리가 설명이랍시고 붙었지만 지금은 이것도 반갑다. 더군다나 지금의 나는 군이 상세한 설명을 필요로 하지 않는다.

군이 스킬의 힘을 빌리지 않고도 마력을 번개와 불꽃으로 변환시킬 수 있었으며, 생명과 빛의 속성을 띠도록 가공하는 것도 어렵지 않았다.

사실상 [진리대주천]과 [진리초극]을 되찾은 순간이었다.

신이 난 나는 여러 가지를 시험했다.

하지만 내가 스킬 없이 마력만으로 재현할 수 있었던 건 진리대주천과 진리초극이 전부였다. [진리마신]이나 [진리마심], [진리활화]와 [진리불사], 그리고 [진리자재]는 재현해 낼 수 없었다.

[섬전 신속]과 [전설의 강타]도 마찬가지였다. 사실 섬전 신속은 그냥 스킬만 발동해 봤지 어떻게 쓰는 건지도 모르니 당연하다면 당연한 결과였다.

"그래도 이게 어디야!"

비록 일부라고는 하나, 한번 내 손을 떠났던 것을 다시 그러모을 수 있게 되었다. 나는 충분히 기뻤다. 더구나 [진리명경] 스킬의 숨겨진 옵션 하나를 개방한 것도 좋은 징조다.

의욕이 돋은 김에, 나는 [현묘한 간파]의 랭크도 올리기 위해 레벨 업 마스터를 꺼내 들었다. 하지만 정작 레벨 업 마스터를 꺼내니, 나는 그것보다 먼저 해야 할 일이 있다는 걸 늦게나마 깨달았다.

"크리스티나."

나는 주리 리가 아닌 크리스티나를 불렀다.

—네, 영웅님!

크리스티나는 밝게 대답했다.

내가 그녀를 부른 까닭은 이번에 카자크로부터 얻은 정보를 교차검증 하기 위해서였다. 그래서 카자크에게 들은 내용을 그대로 털어놓을까 했다. 그러나 막상 말하려고 보니 마음에 걸리는 점이 생겼다.

크리스티나는 믿을 수 있는 상대다. 하지만 인류연맹은 믿을 수 있는 상대일까? 그 질문에 대한 답은 '아직 모른다'이며, 그 답은 '믿을 수 없다'란 의미이기도 했다.

그렇다고 아무 말도 하지 않는 것도 이상하다.

"인스펙터를 패퇴시켰어."

혹시나 모른다는 생각도 들어서, 나는 이렇게 말해보기로 했다.

—뭐라고요?!

그 결과, 크리스티나가 보인 반응은 매우 흡족했다. 저 눈 땡그랗게 뜬 거 봐. 귀여운 녀석. 나는 웃음이 튀어나오려는 것을 간신히 억누르고, 되도록 진지하게 보이도록 표정을 만들어 보였다.

"정확히 말하자면, 죽인 것은 아냐. 되살아나서 도망가더군. 자세한 건 전투 기록을 확인해 줘."

크리스티나는 기록을 살펴보더니, 다시 한번 눈을 휘둥그레 떴다.

—정말이네요?!

"내가 거짓말한 적도 있어?"

—없죠!

그래, 없다. 숨기고 말을 안 한 게 있을 뿐이지.

—이런 말씀은 안 드리려고 했는데, 진짜 괴물이시네요!

욕인지 칭찬인지 잘 모를 소리였지만, 크리스티나의 표정만 보면 극찬처럼 들렸다.

—원래대로라면 인스펙터와는 조우할 일조차도 없어야 해요. 인스펙터는 교단 내부의 상태를 감찰하는 역할을 맡아서, 외부의 적대 세력과는 접촉할 일이 크게 없거든요. 하지만 인스펙터가 나타나 영웅님 앞을 가로막았다는 건······.

크리스티나의 표정이 점점 심각해졌다. 입을 다물고 한참 고민하던 그녀는 멍한 표정으로 내게 이렇게 말했다.

─뭔가, 뭔가 일어나고 있어요.

"잘 모른다는 소리네."

─잘 모르지만요.

인정하다니!

하긴 크리스티나는 만신전과 교단이 다른 조직이라는 것은 커녕 두 세력이 경쟁 관계라는 것조차 모르는 듯했으니 아는 게 더 이상하긴 하다.

물론 카자크가 시간을 끌기 위해 아무 말이나 허풍을 떨었을 가능성도 지금 이 상황에선 완전히 배제할 수는 없으니 실제로는 크리스티나의 말대로 같은 조직일지도 모르지만 말이다.

갑갑하군. 역시 정보가 더 필요하다.

인스펙터 한 명쯤 더 잡아서 심문을 해야 하나. 하지만 그러려면 목숨이 몇 개쯤은 더 있어야 한다.

흐음, 역시 크리스티나 쪽을 조금 떠볼까? 그나마 이쪽이 덜 위험할 것 같아 보이니.

"교단은 만신전의 신들을 섬긴다고 했었지?"

─네.

크리스티나는 자신이 말한 교단에 대한 정보가 맞다고 의심치 않는지, 대답하는 눈동자에서는 순진무구함이 묻어 나오고 있었다.

이 표정이 만약 연기라면 난 마음에 큰 상처를 입을 거야.

"그럼 교단 내에서도 파벌이 생기겠군."

─그야 그렇겠죠? 각자 섬기는 신이 다를 테니까요. 하지만 그렇다고 교단이 내부의 반목으로 찢어질 거라고 생각하기는 어려워요.

크리스티나의 말은 모순되어 있다. 하지만 그녀는 자신의 말에서 생겨난 모순에 대해 아무런 의문도 갖지 않고 있었는데, 이 모순된 명제를 모순되지 않게 만들 조건 같은 것을 알고 있기 때문일 터였다.

그게 뭔지는 물어보면 알 수 있을 터였다.

"어째서지?"

그래서 난 질문했다. 크리스티나는 내 입에서 나올 그 질문을 예상했다는 듯 유창한 어투로 설명을 시작했다.

─교단은 기본적으로는 만신전의 신들이 유능한 플레이어를 스카우트하는 개념으로 이뤄진 단체니까요. 그야 명색이 신을 섬기는 이들이니 신앙심이 있기야 하겠지만, 기본적으로는 교단의 플레이어들은 자신에게 이익이 되기 때문에 교단에 들어간 거란 말이에요.

이건 또 인상적인 분석이다. 나는 크리스티나의 이야기에 귀를 기울였다. 그러자 크리스티나도 신이 난 건지 밝아진 목소리로 이야기를 계속했다.

─그러니 서로 믿는 신이 다르다는 이유로 반목할 가능성은 크지 않다고 보고 있어요. 더욱이 만마전이라는 대립 상대

를 앞에 두고 있으면 더더욱 그렇겠죠.

음……. 역시. 인류연맹은 몰라도, 적어도 크리스티나는 만신전과 교단이 같은 단체라고 굳게 믿고 있는 것 같다.

하나만 더 던져볼까.

"그럼 교단의 플레이어들이 만신전의 신들을 배신하는 일도 생길 수 있겠네? 그게 자신들의 이득에 충실하다면 말이야."

—아뇨, 그건 아마 힘들 거예요.

아마라는 단어를 쓰긴 했지만, 크리스티나는 꽤나 딱 잘라 말했다.

—만신전의 신들은 스카우트한 플레이어를 파문할 수 있어요. 만약 파문을 당하게 되면 그 플레이어는 교단을 통해 얻은 것들을 모두 토해내야 해요. 그러니 교단의 플레이어가 모시는 신에게 불만이 있다고 하더라도 그리 쉽게 배신을 할 수는 없어요.

이건 또 처음 듣는 이야기다.

"교단을 통해 얻은 거라면……."

—교단 소속 플레이어들은 교단을 통해 전직을 하고 퀘스트를 받아 수행하거든요.

"그럼 파문당하면……."

—갓 졸업한 상태로 되돌려지는 거나 다름없죠.

확실히 그건 플레이어로서 절대 당하고 싶지 않을 벌칙이다.

하지만 카자크는 이미 만신전과 교단이 분리되었고 심지어 두 세력이 경쟁하는 것처럼 말했다. 크리스티나의 말이 맞다면 절대 일어날 수 없는 일이다.

어느 쪽이 진실인 거지?

＊　　＊　　＊

아니, 둘 다 진실일 수도 있는 건가? 예전에는 그랬지만 지금은 그렇지 않다든가.

예를 들어 교단 소속의 플레이어들이 만신전의 신들로부터 파문당해도 큰 페널티를 받지 않고 분리 독립을 실행할 만한 어떠한 조건을 만족시켰다든가. 그리고 그것이 오래되지 않은 일이라면 인류연맹에게는 아직 알려지지 않았을 가능성 또한 존재한다.

뭐, 아직까지는 내 추측에 불과하지만 말이다.

그런 생각을 하느라 심각한 표정인 날 보고 무슨 생각을 한 건지, 크리스티나는 가볍게 웃으며 말했다.

─영웅님께서는 그런 걱정 안 하셔도 돼요. 인류연맹에 파문 같은 시스템은 없거든요.

아무래도 크리스티나의 눈에는 내가 '인류연맹에도 파문 같은 게 있으면 어쩌지?' 같은 고민을 하고 있는 걸로 보였나 보다. 사실 그런 걱정 한 적 없지만, 나는 뒤늦게 고개를 끄덕여 주었다.

그러고 보니 파문 같은 게 있으면 큰일이었잖아? 이거부터 물어봤어야 됐는데. 뭐, 물어보기도 전에 답을 들었으니 됐지만 말이다.

—어쨌든……. 아까 말씀드렸다시피 인스펙터와의 접촉조차 힘든 마당인지라 교전에 대한 보상은 딱히 정해져 있지 않아요.

"아, 그래?"

애초에 기대도 안 했는데. 주면 좋고 안 주면 말지, 뭐. 그러나 내가 생각하는 것보다 내 표정이 안 좋았는지, 크리스티나가 급히 덧붙였다.

—하지만 소규모 교전이었다고는 하나 인스펙터의 패퇴는 가볍게 볼 수 없는 전과라고 저는 생각해요. 어떻게 될지는 모르겠지만 상부에 한번 보고해 볼게요.

크리스티나는 이렇게 말했지만, 내가 카자크를 완전히 죽인 것도 아닌데 큰 보상을 바랄 순 없다. 이 전과에 대해 크리스티나에게 보고한 것도 혹시나 하는 마음이었지만, 그렇다고 큰 기대를 갖는 건 아니다.

"그래, 잘 부탁해."

그럼에도 불구하고, 나는 크리스티나에게 부탁했다. 그러자 크리스티나는 의욕적인 표정과 목소리로 대답했다.

—네!

화면에서 크리스티나의 모습이 사라졌다. 아마 회의를 하러 간 거겠지. 아무래도 크리스티나는 또 한 사나흘 자리를 비우게 될 것 같았다.

"흐음……."

나는 긴 한숨을 내쉬었다. 뭔가 마음에 걸리는데, 그게 뭔지 모르겠다.

"에이, 스킬 수련치나 올리자."

생각해 봐야 소용없는 걸 오래 고민하는 취미는 없다. 원래 이런 건 다른 걸 하다 보면 불현듯 떠오르기 마련이고, 설령 안 떠오르더라도 이대로 시간 낭비를 하는 것보단 낫다.

"주리 리!"

나는 그림자 용병을 불러오기 위해 주리 리를 불렀다.

*　　　　*　　　　*

[현묘한 간파]의 수련치를 올리면서 새로 알게 된 사실은, 상대의 직업 스킬은 간파하더라도 뜯어 올 수는 없다는 것이었다. 행운이 99+가 넘어가고 상대의 버프 스킬은 일반이나 레어인데도 스킬 뜯어 오기는 단 한 번도 성공시키지 못했다.

그리고 그림자 용병들은 철저하게 직업 스킬만을 사용했기에, 다양한 직업군의 그림자 용병을 소환하면서 스킬들을 다 뜯어내겠다는 내 야망은 무너지고 말았다.

쳇.

하지만 [현묘한 간파]의 S랭크를 찍는 데는 성공했고, 그 성능이 흡족했으니 됐다 치자.

―[현묘한 간파] S랭크 세부 효과

[현묘한 간파]로 주시 중인 적을 대상으로 명중/회피 100% 보너스를 얻는다.

[현묘한 간파로 주시 중인 적이 다음으로 준비 중인 스킬에 대해 알 확률을 얻는다.

설명만 읽어보면 간파만 걸어도 명중률과 회피율이 100%가 되는 것 같지만 실제로는 그렇지 않다. 적의 민첩과 솜씨, 직감 수치, 그리고 스킬로 인한 명중 보정과 회피 보정으로 명중률이 100%를 넘기는 경우가 허다하니.

그렇다고 이 효과가 무의미한 것은 절대 아니다. 내 능력치도 어디 가서 낮다고 하면 돌 날아올 수준이니 말이다. 어지간한 적을 상대론 맞을 걱정, 회피당할 걱정은 안 해도 된다는 것을 그림자 용병 상대로 이미 실증을 완료했다.

문제는 상대가 인스펙터 카자크 이상으로 강력한 특기 같은 걸로 무장할 경우지만. 이런 경우에도 없는 것보단 나을 것이다.

그보단 적의 스킬을 미리 알 수 있다는 것이 중요하다. 무슨 예지 능력이냐 싶지만 잘 생각해 보면 [후의 선]부터가 예지 비슷한 스킬이다. 정말로 적이 스킬을 쓰기 전에 간파가 적용되어 버린다.

이게 왜 중요하냐면, [현묘한 간파]도 반격가 스킬이기에 패시브 간파의 S랭크 보너스가 적용된다는 점 때문이다. 즉, 아직 맞지도 않은 스킬을 뜯어 올 수 있게 된다는 뜻이다.

잘하면 상대가 날 공격하기도 전에 내가 상대의 스킬로 반격해 주는 일도 가능하겠다.

"로망이군."

나는 흡족하게 웃었다.

"그런데… 흐음. 역시 이건 여기다 쓰는 게 맞겠지?"

잠시 고민하던 나는 인벤토리를 열고, 아직까지 남아 있는 아이템을 바라보며 혼잣말을 했다. 그 아이템이란 바로 슈퍼 레어 스킬 강화권 5매였다.

이 강화권은 좀처럼 쓸 곳을 찾질 못했는데, 왜냐하면 적당한 레어 스킬에 레어 스킬 강화권을 사다 바른 후에 슈퍼 레어 스킬에 합성시키는 게 더 합리적이었기 때문이다. 물론 이러면 스킬 포인트를 좀 부담하긴 해야 되지만, 나한텐 남는 게 스킬 포인트니 아무 문제도 없다.

하지만 직업 스킬은 합성이 불가능하니 이 방법을 쓰는 것도 불가능하다. 그러니 [현묘한 간파]를 강화하고 싶으면 강화권을 써야 했다.

"그래, 모처럼 얻은 첫 슈퍼 레어 직업 스킬인데. 이 김에 투자 좀 하자."

[현묘한 간파]가 별로 안 좋은 스킬이었다면 고민이 좀 더 길어졌겠지만, S랭크까지 올리면서 마음에 쏙 들었기 때문에 나는 결정을 보다 쉽게 내릴 수 있었다.

[현묘한 간파]+5

당연하다는 듯 5연속 스트레이트로 강화에 성공했다.

그 결과 명중/회피 보너스가 100%에서 200%로 올랐고, 확실하게 수치로 표시되지는 않았지만 아마 다음 스킬 예지 확률도 올랐을 것이다. 그리고 5강째에 드디어 새로운 옵션이 붙었다.

[차단]: [현묘한 간파]로 주시 중인 대상이 시전 중인 스킬, 혹은 대상에게 효과를 발휘하고 있는 스킬을 취소시킬 수 있다. [차단]을 사용하려면 대상과 접촉할 필요가 있으며, [현묘한 간파]로 대상을 주시한 시간과 해당 스킬의 등급, 숙련도에 따라 확률이 증감한다.

"오!"

강화권을 전부 몰아 쓴 보람이 있는 결과물이었다. 시전 중인 스킬을 취소시키는 것은 물론 스킬로 인한 버프나 디버프를 해제할 수 있게 되었으니. [응급치료]의 빈자리를 메꾸기에 좋은 부가 옵션이다.

나는 다시 그림자 용병을 소환해 [차단]의 성능을 확인해 보았다.

아쉽게도 이미 발동해 버린 대미지 스킬의 효과까지 취소시킬 수는 없었지만, 정신 집중 스킬이나 버프와 디버프를 끊어 내는 데는 탁월한 성능을 발휘해 매우 만족스러웠다.

차단 성공 확률도 꽤 높았다. 슈퍼 레어 미만은 100% 확률로 차단이 가능했고 슈퍼 레어급의 A랭크 스킬은 90% 이상의 확률로 차단이 가능했다.

[현묘한 간파]가 1차 직업의 스킬인 걸 감안하면 2차 직업의 스킬을 대상으로 이 정도 해낼 수 있는 건 정말 대단한 거다.

그리고 [차단]도 어디까지나 반격가 스킬이니 [간파]의 S랭크 보너스인 스킬 뜯어 오기가 통하겠지? 이건 직접 쓰면서 경험해 봐야 파악할 수 있을 것 같긴 했다.

"그럼… 이제 한번 직접 써보러 갈까?"

그림자 용병을 상대로는 스킬 뜯어 오기를 못 쓰니 실험을 위해선 다른 적이 필요했다.

필드 보스를 사냥하면 인퀴지터가 아닌 인스펙터가 날아올 가능성이 있어서 당분간은 약한 적들을 처리하며 금화와 기여도를 벌어들이는 게 나을 것 같았다.

그건 그렇고, 이제까지 [섬전 신속]으로 잘 날아다니다가 그냥 발로 뛰려니 많이 답답하다. 적당한 이동기라도 사서 써야 하나? 질주 스킬은 이미 갈아 넣었으니 사려면 더 비싼 스킬을 사야 했다.

나는 터벅터벅 걸으면서 뭘 사는 게 좋을지 고민했다. 고민이 꽤 길어진 건지, 어느새 나는 호수 지역에서 빠져나와 늪지대에 들어서 있었다.

"으, 이런."

잠깐 방심하면 발이 푹푹 빠지는 늪지대를 앞에 두니, 나는 차라리 [비행] 스킬을 사서 쓸까 고민했다. 슈퍼 레어 스킬로 비싸고 체력 소모도 크지만 내 갑옷의 날개와 조합하면 그럭저럭 쓸 만하리라.

"좋아, 사자."

당장 필요한데 돈을 아끼는 것도 이상하다. 적당히 쓰임새가 다하면 합성 재료로 써도 되니 더욱 망설일 이유가 없다. 그렇게 생각한 나는 레벨 업 마스터를 꺼내 링링을 불러내려고 했다.

부우우웅.

하지만 그때 커다란 모기가 날 향해 날아왔다. 말이 모기지, 날개를 뺀 몸 크기만 3m에 달하는 괴물이었다. 곤충이 이 정도 크기가 되니 전신에 갑주를 두른 듯 보여 꽤 멋졌다.

슈슈슉.

뭐, 그래 봐야 벌레지.

모기는 곧장 날 공격하려고 했다. 주제도 모르고 말이다.

[돌발 퀘스트]

─의뢰인: ─

─종류: 토벌

─난이도: 보통

─임무 내용: 거대 흡혈 모기 토벌

─보상: 한 마리당 금화 60개(+100%), 기여도 60(+100%)

보상이 꽤나 짜군. 그만큼 이 모기가 약하다는 소리다.

나는 [후의 선]을 켜고 [현묘한 간파]를 놈에게 쏴주었다. 그랬더니 모기의 움직임이 예지되는 동시에, 모기한테 걸려 있는 스킬이 내게 보였다.

[고속 선회]

─등급: 희귀(Rare)

─숙련도: 연습 랭크

─효과: 비행 중 급격한 방향 전환이 가능.

[주의!] 선행 스킬 [비행]이 필요.

그리고 내 패시브 간파의 S랭크 보너스는 당연하다는 듯 모기의 스킬을 뜯어내었다. 곧 고속 선회를 한다는 뜻이고, [후의 선]도 모기의 선회 방향을 미리 보여주었다.

나는 [차단]을 써볼 요량으로, 모기의 예상 경로를 향해 손바닥을 휘둘렀다.

짜악!

[차단]을 쓴 건 좋은데… 내 손바닥에 맞은 모기가 죽어버렸다. 능력치 차이가 크다 보니 모기 크기와는 상관없이 보통 모기 잡는 거랑 별반 다르지가 않다.

"이건 그냥 공격한 거잖아."

난 헛웃음을 터트렸다. 그때, 번뜩 좋은 생각이 났다.

"가만. 잘하면 모기 상대로 비행 스킬을 뜯어낼 수 있지 않을까?"

고속 선회가 선행 스킬로 비행을 필요로 한다면, 모기는 비행 스킬을 소지하고 있을 가능성이 높았다.

나는 주변을 두리번거려 다른 모기를 찾았다. 그리고 그럴 필요가 없었음을 곧 깨달았다. 이 늪지대에 모기는 우글대고 있었고, 산 자의 피를 탐하는 그것들은 불을 향해 날아드는 부나방처럼 주제도 모르고 날 향해 날아들고 있었으니까.

모기들이 너무 약해서 직감도 반응 안 하는 바람에 눈치채는 게 늦었다.

"다 같이 한번 놀아보자고!"

나는 손바닥을 휘둘러 대기 시작했다. 물론 스킬을 뽑아내기 위해 일일이 [차단]을 쓰는 걸 잊지 않으며.

Chapter 7

[호버링]

─등급: 희귀(Rare)

─숙련도: 연습 랭크

─효과: 제자리 정지 비행이 가능.

[주의!] 선행 스킬 [비행]이 필요.

[후진 비행]

─등급: 희귀(Rare)

─숙련도: 연습 랭크

─효과: 비행 중 후진이 가능.

[주의!] 선행 스킬 [비행]이 필요.

[급가속 비행]
―등급: 희귀(Rare)
―숙련도: 연습 랭크
―효과: 비행 중 급가속이 가능.
[주의!] 선행 스킬 [비행]이 필요.

이상이 모기들로부터 뜯어낸 스킬들이었다. 결론적으로 볼 때, [차단]으로도 스킬을 뜯어낼 수 있으리라는 내 가설은 참인 명제였다는 것이 증명되었다.

물론 그 전에 [현묘한 간파]나 [후의 선]으로 스킬을 뜯어내는 경우가 더 많았지만.

모기들이 가진 스킬의 등급이 낮은 탓도 있었지만, 내가 행운을 실컷 올려둔 것도 영향을 미쳤을 터다.

어쨌든 정말 다양한 스킬이 등장했다. 모기가 이렇게 다양한 비행 스킬을 지니고 있는지 이번에 처음 알았다.

하지만 정작 중요한 [비행] 스킬만은 등장하지 않았다. [현묘한 간파]에도 안 걸러드는 걸 보니 아무래도 모기에게 있어 비행은 스킬이 아니라 종족 특성인 것 같았다.

하긴 그렇겠지. 하늘을 못 나는 모기는 없을 테니까. 설령 있다고 해도 모두 죽었을 거다. 생존경쟁에 뒤처져서.

하는 수 없군. 역시 그냥 [비행] 스킬을 살까?

"으음……."

나는 생각에 빠져들었다.

비행 관련 스킬을 네 개나 얻었는데 여기에 비행까지 사버리면 스킬 승화를 하든가 하나를 남겨서 초융합을 하든가 선택해야 한다.

스킬 승화에 드는 스킬 포인트도 많지만, 이 결과로 신화급 비행 스킬이 나와 버리면 앞으로 하늘을 날 때마다 신성을 써야 할지도 모른다.

"그건 곤란하지."

그렇다고 비행 없이는 아무짝에도 쓸데없는 자투리 스킬 하나를 남기는 것도 좀 그렇다. 앞으로도 비행 관련 스킬을 더 얻게 될지도 모르지만,

그래서 나는 묘한 발상을 했다.

"그냥 이 스킬 네 개를 초융합시키면 혹시 비행 능력이 붙어 나올 수도 있지 않을까?"

설령 비행이 나오지 않더라도 방법은 있다. 초융합시켜서 나온 결과물을 비행과 합성하면 된다. 뭐, 뭐가 나와도 나오겠지.

"링링!"

나는 링링에게서 레어 스킬 강화권 5매를 사서 제일 처음에 얻은 [고속 선회]를 5강 했다. 레어 스킬 강화권은 싸니까

한두 번쯤 실패해도 상관없었지만 이번에도 5연속 강화 성공을 해냈다.

"자, 그럼."

따악, 따악.

나는 핑거 스냅을 해 왼손에 낀 다섯 행운 반지에 [공명]을 일으켰다. 행운이 끓어오른다.

"가자!"

─스킬 초융합을 실행합니다.

그 결과.

[에이스의 곡예비행]+5

─등급: 전설(Legend)

─숙련도: 연습 랭크

─설명: 붉은 남작의 '날아다니는 서커스'는 첫 세계대전에서 그를 가장 유명하고 위대하고 전설적인 파일럿으로 만들기에 충분했다. 비록 그는 하늘로 돌아갔지만, 그의 전설을 잇는 이는 그리 쉽게 패배하지 않으리.

"또 지구의 전설인가······."

붉은 남작이 뭐고 날아다니는 서커스가 뭔지 나는 모르지만, '첫 세계대전'이라는 단어에서 지구 냄새가 진하게 풍겼다. 하긴 다른 세계에서도 세계대전은 일어났을지도 모르니 속단은 금물이긴 하지만 말이다.

세부 설명에는 별게 없었다. 아직 연습 랭크라 그런가. 그냥 한번 직접 써보는 게 좋겠지.

나는 스킬을 사용했다. 그러자 몸이 살짝 떠올랐다.

"오, 이건……. 호버링인가."

오래 지속되진 않았지만 분명 난 허공에 떠 있었다. 하늘에서 제자리에 떠 있는 건 [섬전 신속]을 갖고 있던 때도 불가능했던지라, 나는 조금 두근거렸다.

스킬을 세 번 사용해 F랭크까지 올리자, 본격적으로 비행이 가능해졌다.

"됐어!"

혹시나 했지만 역시나.

[에이스의 곡예비행]만으로도 비행 능력을 손에 넣게 되었으니, 이 시점에서 이미 굳이 [비행] 스킬을 살 필요는 사라진 셈이다. 만약 링링이 미리 알았더라면 땅을 쳤겠지만, 그럴 줄 알고 알리지 않았으니 괜찮다.

"추진력이 좀 더 필요한데."

F랭크 [에이스의 곡예비행]으로 고고도에까지 올라갈 수는 없었기에 나는 아쉬움을 느꼈다.

사실 이 스킬만으로는 1분쯤 나는 게 고작이었다. 내 갑옷,

[반격의 봉화]에 달린 날개를 활용하면 일단 활강이 가능해지긴 한다. 여기에 별개의 추진력만 생기면 완전해질 텐데.

"뭐, 랭크를 더 올리면 되겠지."

아직도 스킬 포인트는 충분했으니 별문제가 있지는 않았다. [에이스의 곡예비행]에는 말이다. 하지만 다른 문제가 생겼다.

"……"

아무것도 없는 곳에 직감이 반응한다. 하, 진짜 아무것도 안 보이는데 말이지.

하는 수 없지. 나는 신성 소모를 감수하고 [진리명경]―[명명백백]을 활성화시켰다.

그러자 아무것도 없던 곳에서 여자의 모습이 드러났다.

"……!"

설마 진짜로 있을 줄은 몰랐다. 아주 살짝, 잠시간만 직감이 반응했을 뿐이니까. 그런데 이렇게 가까이에 숨어 있을 줄이야.

여자도 눈을 동그랗게 뜨고 있었다. 내게 들킨 게 매우 의외인 눈치였다.

여자는 인간으로 보이지 않을 정도로 아름다웠다. 더 정확히 하자면 인간이 아니었다. 뭐 지금 와서야 당연한 일이지만. 카르마 마켓의 노인도 내가 마지막 지구인이라고 인증을 때려 버렸으니 말이다.

여자는 이미 인퀴지터들로 익숙해진, 빛의 날개를 단 천사 종족이었다.

하지만 나는 여자의 정체를 인퀴지터라 짚지는 않았다.

"인스펙터… 나?"

천사 종족인 건 인퀴지터만이 아니고, 인스펙터인 카자크도 그랬으니까.

게다가 아주 먼 곳에서 한 번 지나가듯 본 게 전부였지만 한번 목격도 했고 말이다.

내 예상이 틀리길 바랐건만, 여자는 천천히 고개를 끄덕여 대답했다.

"…네."

쳇.

아직 내 전력은 부족하기 짝이 없지만, 상황이 이렇게 된 이상 각오를 굳힐 수밖에 없다.

"날 죽이러 온 건가?"

"아뇨."

그런데 여자는 내 이어진 질문에, 이번에는 즉시 고개를 저었다.

"거래……. 아니, 항복하러 왔습니다."

여자는 굳은 표정으로 내게 고개를 조아렸다.

항복 선언이었다.

*   *   *

인스펙터 안젤라는 이진혁이 거대 흡혈 모기떼를 소탕하기 전에 이미 이 자리에 와 있었다. 물론 고유 특성인 [인지의 지평선]으로 자신의 모습을 숨긴 채였다.

"이자가… 그자인가."

아주 멀리서지만, 안젤라는 이미 한 번 이진혁을 목격한 적이 있었다. 카자크와 함께 있던 것이 보였고, 안젤라가 시야에 들어오자마자 카자크가 이진혁에게 뭔가 당하는 것 또한 목격했다.

인스펙터 카자크가 갑자기 이상해진 원인은 아마도 이 남자일 것이다, 라고 안젤라는 추측했다. 아니라면 철저하고 조심스러운 성격인 카자크가 그렇게 돌변할 이유가 없었다.

'죽일까…….'

갑작스럽게 치밀어 오르는 살의에, 안젤라는 스스로가 놀랐다.

카자크의 배신은 언젠간 일어날 일이었다. 이 남자의 행위는 그 일을 보다 조금 앞당긴 것뿐이다. 게다가 만약 카자크가 계획대로 움직였다면 안젤라는 꼼짝도 못 하고 당했을 터였다. 그만큼 카자크는 철저한 남자였으니까.

그런 의미에서 보자면, 이 남자는 안젤라에게 있어 은인에 가깝다.

그러나 그런 이성적인 판단과는 별개로 감정이 먼저 움직여 버렸다. 상상할 수 있었던 가장 두렵고 끔찍한 일의 방아쇠를 당긴 것이 이 남자라고, 안젤라 본인도 이해할 수 없을 정도로 몰이성적인 결론에 다다르고 말았다.

안젤라는 곧 후회하며 살의를 거둬들였지만 이미 늦었다.

갑자기 남자의 안구가 움직였다. [인지의 지평선] 너머에 있어, 원래대로라면 인지조차 못 해야 마땅한 안젤라를 남자가 직시하고 있었다.

'설마, 진짜로?'

안젤라는 그 자리에서 완전히 굳어버렸다. 아직 '설마'하는 마음에, 그녀는 숨을 죽였다.

그러나 남자는 무정하게도 말했다.

"인스펙터냐?"

들켰다. 대체 얼마나 직감 능력치가 높아야 아주 잠깐 살의를 품었던 자신의 적의를 캐치해 낼 수 있을까?

설령 스킬로 간파했다고 하더라도 굉장한 건 마찬가지였다. [인지의 지평선]은 전설급의 감지 스킬마저 무시하는 고유 특성이니 말이다. 일례로, 카자크조차도 이 특성 앞에서는 속수무책이었다.

'이 남자는 어마어마하게 강하다.'

카자크보다 훨씬 더. 자신이 빈틈을 찔러서라도 이길 가능성이 거의 없을 정도로.

안젤라는 체념했다. 저항 의지를 완전히 버렸다. 자신이 살아남을 길이라고는 항복밖에 없다고 확신했다.

그렇기에 안젤라는 [인지의 지평선]마저 꺼버리고, 두 손을 들어 올리고 완전히 투항했다.

*　　　*　　　*

내게 항복한 여자 인스펙터의 이름은 안젤라라고 했다.

"지구 출신인가?"

"네."

안젤라라는 이름이 지구 느낌 물씬 풍기는 데다, 인스펙터 카자크에게 듣기론 교단엔 지구 출신이 많다고 해서 찔러봤더니 정답이었다. 종족이야 천사지만 뭐 교단을 통해 종족을 바꿨다든가, 아니면 카르마 마켓에서 종족 변경권을 샀다든가 했겠지.

"내가 여기 있다는 건 어떻게 알았지?"

이건 진짜 궁금한 점이었다. 아무리 날아온 건 아니라고 해도, 내 이동 거리는 꽤 긴 편이었다. 카자크에게 기아스를 건 그 지점으로부터는 상당히 멀어진 후였다.

특별히 어떤 흔적을 남기며 이동한 것도 아니고, 신경 써서 흔적을 지우며 다녔는데 안젤라는 별로 헤매지 않고 날 찾아온 것 같았다.

"아시는지 모르겠지만, 이 지역을 관리하고 있던 인퀴지터들은 모두 누군가에 의해 살해당했습니다. 그래서 관리 메시지는 차순위 담당자인 저에게 날아옵니다. 그 메시지를 보고 여기로 왔습니다."

그 말을 듣고 나는 섬뜩한 기분이 들었다. 이제까지는 필드 보스만 피하면 될 줄 알았는데, 모기 좀 죽였다고 메시지가 날아갈 줄이야. 몰랐던 사실이고, 잘못했으면 치명적이 될 수 있던 속단이었다.

뭐, 안 죽었으니 됐지. 앞으로 조심하면 된다.

"왜 나한테 항복할 생각을 다 했지?"

나는 계속해서 질문했다. 이 지역의 인퀴지터를 전부 잡아 죽인 '누군가'의 정체가 바로 나라는 걸 이 여자는 아마도 알고 있을 터였다. 확신은 못 해도 추측은 할 수 있겠지.

그럼에도 불구하고 내게 항복을 해온 이유가 궁금했다.

"이대로라면 전 교단에 파문당할 겁니다. 파문당하기 전에 제가 먼저 배교하고 싶습니다. 그래야 제 능력이 보전될 테니까요."

교단에 의해 파문당하면 교단에서 얻은 것들을 모두 박탈당한다. 그건 나도 크리스티나에게 들어서 알고 있는 사실이었다.

그런데 파문당하기 전에 먼저 배교하면 능력이 보전된다고? 이건 이번에 처음 얻는 정보다. 좀 황당하긴 하지만……. 하긴 지구에서도 국가로부터 재산을 환수당하기 전에 먼저 외국으로 옮겨 버리면 재산을 보전할 순 있었을 테지. 그거랑 비슷한 건가? 좀 다르긴 할 테지만.

내가 입안에 막 들어온 사탕의 맛을 음미하듯 그 정보를 굴리고 있으려니, 여자가 이어서 이렇게 말했다.

"그러니 가급적이면 빨리 제 항복을 받아주셨으면 합니다. 제 입으로 말하긴 좀 민망합니다만, 전 꽤 유능한 편입니다. 교단으로부터 파문당해서 모든 능력을 잃기 전에 제 능력을 최대한 비싸게 팔고 싶습니다."

*　　　　　*　　　　　*

말하는 걸 들어보니 이 안젤라라는 여자는 꽤나 뻔뻔한 모양이었다. 혹은 체면을 차릴 정도로 여유가 없어서 이러는 것일지도 몰랐다.

"그 전에 네가 왜 파문당할 위기에 놓인 건지 알고 싶은데."

상대의 사정이 급한 건 급한 거고, 내게 있어선 이게 거짓 항복이거나 함정이 아닌지 확인하는 게 더 중요했다. 그러니 최소한도의 심문은 이뤄져야 했다.

내 대꾸에 안젤라는 입술을 깨물었으나, 곧 자기 처지를 이해한 듯 입을 열었다.

"제 동료… 였던 카자크라는 자가 있습니다."

안젤라의 이야기를 간단히 요약하자면 카자크는 예전부터 안젤라를 이용해 먹고 버리려고 계획했던 모양이다. 그런데 이번에 내 [기아스]에 걸려든 카자크가 예정보다 빨리 안젤라를 배신해 공격했고, 살해하는 데 실패하곤 오히려 반격당해 죽었다.

그런데 카자크는 죽기 직전에 안젤라에게 '미리 쳐놨던 함정'을 이번에 써먹겠다고 선언했다고 한다. 이 함정으로 인해 그녀는 결국 파문당하게 될 거라고도.

이야기를 들어보니 내 예상대로 카자크는 [1UP 코인]을 남겨놨었고, [귀환의 돌]도 갖고 있었던 것 같았다. 아마 카자크는 교단으로 돌아갔을 것이고, 그 탓에 안젤라는 언제 파문당할지 모르는 위기에 처했다는, 뭐 그런 이야기였다.

그건 그렇고, 카자크를 한 번 죽이다니. 이 여자도 꽤나 실력자인 것 같았다. 방금 전까지 내 앞에서 모습을 숨겼던 그 능력이라면 상성상 카자크를 쪄 먹을 만도 하겠다 싶다. 내 직감으로도 놓칠 뻔했을 정도니.

"쓰레기군, 그 남자."

나는 안젤라의 속을 떠볼 요량으로 그렇게 혼잣말을 하는 척했다. 그 말을 못 들었을 리 없는 그녀는 쓴웃음을 흘렸다. 역시 내가 카자크에게 뭔가 했음을 눈치는 채고 있는 것 같았다. 숨어 있던 도중에 아주 잠깐 내게 살기를 흘린 것은 그런 이유에서겠지.

사실상 파멸의 방아쇠를 당긴 것이 나임을 알면서도 불구하고 쓴웃음을 한 번 흘리는 게 고작이라는 것은 이 여자가 그만큼 막다른 곳에 몰려 있다는 방증도 되었다.

뒤통수가 좀 근질거리긴 하지만, 이 여자가 항복을 하고자 하는 게 거짓은 아닌 것 같았다. 내 한 몸의 안전을 위해서는 자연스럽게 파묻되는 걸 기다리는 게 더 유리할 것 같긴 했지만……

"그 전에 꼭 물어봐야 할 질문이 하나 있는데."

"뭐죠?"

"가나안 계획에 대해 알고 있나?"

가나안 계획. 나도 카자크에게서 처음 들은 단어다. 어쩌면 이 단어 자체가 카자크 혼자 만들어낸 것일지도 모른다. 오로지 내 흥미를 자극하고 시간을 끌기 위해서.

아니, 그건 아닌가. 카자크가 내게 처음 가나안 계획에 대해 물었을 때는 아직 그가 나를 상대로 우위를 자신하던 때였다. 그러니 그것마저 거짓일 가능성은 상대적으로 적었다.

"…그게 뭐죠?"

응? 아닌가? 카자크의 동료였을 터인 이 여자는 가나안 계획이라는 용어 자체를 처음 듣는 것 같은 반응을 보여주고 있었다.

"그럼 질문을 바꾸지. 이곳에서 관리자 일을 하고 있던 인퀴지터들이 벌인 일들에 대해 얼마나 알고 있지?"

내 바뀐 질문에, 안젤라는 긴장한 듯 마른침을 한 번 삼키곤 입술을 두 번 깨문 후에나 다시 입을 열었다.

"아시는지 모르겠지만, 인퀴지터들은 범죄자 출신들입니다. 이 변경으로의 유배는 그들에겐 임무의 형태로 포장됐지만 사실상 형벌이나 다름없는 걸로 알고 있습니다. 저와 카자크… 인스펙터는 그들을 감시하고 사찰하는 것이 임무였습니다."

카자크에게서 들었던 것과 같다. 거짓말을 하는 것 같지는 않군.

"그들이 어떤 임무를 띠고 있는지는 전달받았나?"

"대충은요. 변경 지역의 관리와 함께 멸균 임무를 받았다고 서류상으로 전달받았습니다. 뭐, 그래 봐야 호를 파고 다시 메우는 무의미한 작업이 부과되었을 뿐이겠지만요."

멸균 임무라……. 안젤라의 반응으로 봐선 그냥 인퀴지터들이 은어로 쓰고 있는 게 아니라, 아무래도 교단 내에서는 정말로 멸균 임무라 칭하고 기록하는 것 같았다.

"…정말로 가나안 계획에 대해서는 아무것도 모르는 건가?"

"네. 처음 듣는 용어입니다. 그게 대체 뭡니까?"

"나는 그 계획에 대해 카자크에게서 들었어."

"……!"

내 대답에 안젤라의 표정이 바뀌었다.

"…자세히 들을 수 있겠습니까?"

아까까지만 해도 빨리 항복 절차를 밟기 위해 억지로 문답에 임하고 있다는 인상을 줬던 안젤라의 태도가 이제는 바뀌었다. 관심을 표하는 그녀에게, 나는 가나안 계획에 대해 카자크에게 들은 대로 알려줬다.

공짜는 아니다. 나는 안젤라의 반응을 보고 이 정보의 신뢰성을 다시 가늠해 볼 생각이었으니까.

내 이야기를 다 들은 안젤라는 씁쓸하게 웃었다.

"제가 왜 그렇게 카자크에게 견제당했는지 이제 알겠군요. 아까도 말씀드렸다시피 저는 가나안 계획에 대해 모르고 있었습니다. 그러나 만약 제가 어떤 계기로든 이 계획에 대해 알아차렸다면 그 순간 카자크는 절 처리할 생각이었을 겁니다."

그 상황을 두려워한 나머지 카자크는 함정을 미리 파두었다. 안젤라는 그렇게 해석했다.

"이 가나안 계획 자체가 카자크가 그냥 입에서 나오는 대로 떠들었던 것일지도 몰라."

그런 내 말에 안젤라는 고개를 저었다.

"아뇨, 그렇지는 않을 겁니다. 저로서도 짚이는 데가 많으니까요."

그렇게 말하고는, 안젤라는 긴 한숨을 내뿜었다.

"교단은 대외적으로 정의롭고 인도적인 조직 운영을 표방하고 있습니다. 저도 방금 전까지 그렇게 믿어왔었죠."

나로서는 처음 듣는 이야기였다.

뭐? 정의? 인도적? 그게 무슨 소리지? 그런 놈들이 멸균이랍시고 이 세계의 토착 인류를 말살하고 저레벨 플레이어를 벌레 취급해?

하긴 내가 만나본 교단 관계자들이 범죄자 출신의 인퀴지터들에 카자크였으니 내 안의 교단 이미지가 나쁜 것도 어쩔수 없는 일이다. 게다가 다른 정보 출처인 크리스티나도 인류연맹의 적인 교단에 대해 긍정적으로 발언해 줄 리 만무하니.

"…만약 이 가나안 계획에 대한 일이 대외적으로 알려진다면 교단은 적지 않은 타격을 입을 겁니다. 아마 교단 상부에서 이 일에 대해 알아차린다면 먼저 덮으려 할 겁니다."

어쩌면 교단 상부에서부터 이 일을 지시한 것일지도 모르고 말이다. 이 말을 안젤라가 직접 입에서 꺼내지는 않았지만, 그 가능성을 떠올린 것인지 그녀는 고개를 절레절레 저었다.

"어느 쪽으로 구르든 전 파문 확정이겠군요."

*   *   *

다른 세력 소속원의 항복을 받아들이는 방법 그 자체를 모르기 때문에 나는 누군가와 상담을 할 필요를 느꼈다. 그리고 그 누군가는 당연히 크리스티나여야 했다.

그러므로 나는 레벨 업 마스터의 프로듀서 화면에 위치한, 정말 필요할 때 누르라는 긴급 호출 버튼을 누를 수밖에 없었다.

"그 기계……. 혹시 휴대폰인가요?"

그런데 안젤라가 호기심 그득한 표정으로 내가 레벨 업 마스터를 조작하는 걸 보고 있었다.

"아냐. 인류연맹의 접속 디바이스야."

"인류연맹이요?!"

내 대답에 안젤라가 갑자기 세상 다 산 것 같은 표정을 지었다.

"아니, 무능력자가 되는 것보다는 그래도 인류연맹에라도 들어가는 게……."

그러면서 절망에 빠진 표정으로 뭐라고 중얼거리는데, 그 중얼거리는 내용이 심상치가 않았다. 내용이 내용이다 보니 나로서도 그냥 넘어가기 힘들었다.

"어, 왜. 인류연맹에 무슨 문제라도 있어?"

"아뇨. 그냥."

안젤라는 굳은 표정으로 시치미를 떼려다, 소용없다는 걸 뒤늦게 깨달은 듯 고개를 숙였다.

"…워낙, 약소 세력이니까요."

"그런가?"

"네……."

하긴 상대가 만신전, 그에 대항하는 세력인 만마전, 그리고 만신전과의 경쟁에서 이긴 교단이라면 인류연맹은 이 중에선 꽤나 약소 세력으로 판정되긴 할 것이다.

겨우 인퀴지터 몇 명 죽였다고 축제 분위기가 되는 것에서 대충 감은 왔었지만, 이렇게 직접적으로 말해주니 나로서도 쏠쏠한 면이 없지 않다.

─무슨 일이세요, 영웅님?

크리스티나가 내 호출에 응해 나타났다.

사실을 알게 된 지금에 와선 영웅님이라는 호칭도 좀 껄끄러웠지만, 그렇다고 굳이 태클을 걸지는 않았다.

*   *   *

내게서 교단의 인스펙터, 안젤라의 항복 소식을 들은 크리스티나는 한 차례 크게 호들갑을 떨더니, 내 인벤토리를 통해 레벨 업 마스터와 비슷하게 생긴, 그러니까 휴대폰 같은 생김새의 디바이스 한 대를 보내주며 이렇게 말했다.

─이걸 넘겨주시면 될 것 같아요!

"이게 뭔데?"

─인류연맹에서 만든 통신용 디바이스예요. 더불어 인류연맹 소속 연맹원의 신분증도 겸하죠.

신분증을 겸한다고? 그런 걸 넘겨준다는 건 저 여자, 안젤라를 이대로 인류연맹에 받아들인다는 의미도 되다

"뭐야, 넌 의심도 안 하고 저 여자의 항복을 바로 받는 거야?"

─네!

너무 딱 잘라 대답하니 이쪽에서도 할 말이 없었다. 뭐, 알

아서 하겠지. 나는 그냥 크리스티나의 말대로 통신용 디바이스를 안젤라에게 넘겨주었다.

—잘하셨어요! 이제 안젤라 씨가 알아서 할 거예요!

"무슨 휴대폰 개통하는 것 같군."

내가 툴툴거리자, 크리스티나는 손뼉을 짝 치며 이렇게 말했다.

—아, 그거랑 비슷해요! 파문을 위약금으로 치면 그 위약금을 인류연맹이 대신해서 물어주고 계약을 이어받는 거랑 비슷하니까요.

아니, 진짜 비슷하네. 아무 생각 없이 한 소린데.

—대신 이런 경우 영웅님과는 달리 인류연맹에서 파문 권한까지 승계받게 되죠.

아, 파문 권한을 이어받나. 그렇다면 배신을 의심할 이유가 없다는 게 그런 거였군.

안젤라 쪽을 돌아보니, 안젤라는 통신용 디바이스를 손가락으로 열심히 두들기고 있었다. 1초라도 낭비할 수 없다는 듯 다급하게 조작하는 모습을 보니 내가 사정을 모르고 시간을 질질 끌고 있었다는 생각이 들어 조금 미안해졌다.

"저기, 선배."

딱 그럴 때 안젤라가 날 불렀다. 아니, 나 부른 거 맞나?

"선배? 나?"

"추천인 이름을 넣으라는데 선배 이름 넣어도 돼요?"

뜬금없이 뭐래.

"그, 그래."

그게 뭔지는 모르겠지만, 아무튼 나는 고개를 끄덕여 주었다. 뭐, 추천인이라는데 설마 나쁜 건 아니겠지. 그러나 레벨업 마스터의 액정 화면에 뜬 메시지를 보고, 나는 할 말을 잃어야 했다.

─당신을 추천인으로 한 당신의 친구, 안젤라가 인류연맹에 가입을 완료했습니다!

보상: 금화 500개, 기여도 500

"……"

확실히 나한테 나쁜 건 아니었다. 아니, 사실 금화 500개면 꽤 큰 금액일 터였다. 내가 요즘에 워낙 크게 벌어들이고 있어서 그렇지.

그래도 뭘까, 지금 느껴지는 이 미묘한 기분은. 도무지 정체를 알 수가 없다.

그런 내 속내를 알 터가 없는 크리스티나는 밝은 목소리로 이렇게 떠들고 있었다.

─원래대로라면 안젤라 씨를 인류연맹으로 불러들여 환영식을 해야 하는데, 아시다시피 저희 사정이 안 돼서…….

"인류연맹에의 포탈을 열기에 아직 이 지역의 정보가 부족하다고 했었지?

—네……. 영웅님의 전승식이 늦어지는 것과 같은 이유죠.

그건 안 해도 돼.

—하지만 안젤라 씨를 이대로 혼자 둘 수는 없죠. 영웅님께서 당분간 안젤라 씨하고 함께 계셔주시면 안 될까요? 보상은 드릴게요!

"얼마나?"

—글쎄요, 이걸 퀘스트로 처리할 순 없으니 회의가 필요할 거 같은데요?

크리스티나가 회의에 가서 내가 불평할 만한 결과를 가져온 적은 아직 없다. 난 픽 웃었다.

"너무 시간 끌지 마라."

—아, 항장을 받아들인 것에 대해서도 아마 영웅님께 훈장이 수여될 거예요. 회의 도중에 뛰쳐나온 것도 있고, 갑자기 회의할 의제가 많아져서 빨리 돌아올 수는 없을 것 같아요.

"그렇다면 어쩔 수 없지!"

나한테 줄 보상 때문에 늦어진다는데 더 이상 재촉할 수는 없었다. 나는 쾌히 고개를 끄덕여 주고는 레벨 업 마스터를 끄고 인벤토리에 넣었다.

안젤라는 아직도 통신용 디바이스를 만지작거리고 있었다.

"인류연맹 가입은 끝났을 텐데, 뭘 하고 있는 거지?"

"아, 휴대폰을 만지는 게 너무 오랜만이라서요."

그거 휴대폰 아니거든?

"이제부터 당분간 나랑 같이 다녀야 해."

"네, 저도 전달받았어요."

안젤라는 통신용 디바이스를 끄고 나를 바라보며 고개를 슥 숙였다.

"그럼 선배, 앞으로 잘 부탁드려요."

선배? 그러고 보니 아까부터 나를 선배라고 부르던데, 얘 왜 이러지?

"그런데 선배라니?"

모르는 건 그냥 물어보기로 정해뒀다.

"네? 선배님이시니까 선배라고 부르는데 뭔가 문제 있나요?"

잘 생각해 보니 틀린 말은 아니었다.

"그래, 이진혁 씨보다는 그게 낫겠지. 그렇게 부르도록 해."

"네, 선배!"

뭐가 그렇게 좋은지 안젤라는 헤실헤실 웃었다.

"흐음, 그런데……."

나는 동쪽 하늘을 바라보았다. 기분 나쁜 감각이 일렁이고 있다. 다름도 아니라 직감의 반응이다. 혹시나 해서, 나는 안젤라에게 질문을 던졌다.

"저거 네가 불러온 거 아니지?"

*   *   *

"네? 제가 불러오다뇨?"

아무래도 안젤라는 저 기분 나쁜 감각을 느끼지 못하는 모양이다. 나보다 직감이 낮은가 보지? 하긴 내 종족 특성 중에는 직감의 효율을 100% 증가시켜 주는 것도 있으니 못 느낄 수도 있겠다 싶다.

"미안하지만 내 스킬 한 번만 맞아라."

진작 쓸걸. 나는 후회하면서 안젤라를 향해 [현묘한 간파]를 사용했다. 그러자 아니나 다를까, 스킬 하나가 걸려 나왔다.

[은밀 추적]
사용자: 카자크
사용 시간: 1년 전

스킬의 사용자를 알려주는 옵션은 패시브 [간파]에 달린 거지만, [현묘한 간파]에도 적용되고 있었다. 이걸 통해 나는 표적에게 걸려 있는 스킬을 누가 시전했는지도 알 수 있었다.

"하핫."

그리고 그 정보를 본 나는 못 참고 그만 웃어버리고 말았다.

"너 진짜 철저하게 물렸었구나."

"네?"

안젤라는 내가 무슨 말을 하는지 모르겠다는 듯 큰 눈을 꿈벅꿈벅거렸다.

"카자크가 너한테 1년도 더 전에 [은밀 추적]을 걸어놨다는데?"

"예? 아… 그러고도 남을 남자죠."

안젤라는 당혹해했지만 곧 납득했다. 이 여자는 대체 어떤 인생을 살아온 거지? 살짝 궁금해졌지만 굳이 묻지는 않을 것이다. 적어도 지금은 말이다.

"십중팔구 널 노리고 오는 적이다. 전투준비 해."

"네!"

속내는 어떨지 몰라도 대답만큼은 기운차군. 뭐, 내게 나쁜 일은 아니다. 그보단 나도 전투준비나 해야지.

*　　　　*　　　　*

인스펙터 카자크는 어느 시점을 기준으로 해서 안젤라에 대한 '배신욕'이 급속히 줄어드는 것을 느꼈다.

아마도 안젤라가 본격적으로 '적'이 되어버렸기 때문이라고, 카자크 본인은 생각했다.

적지 않게 애정을 쏟은 후배가 완전히 적으로 돌아선 것에 카자크는 뒤늦게 씁쓸함을 느꼈지만, 어차피 이렇게 될 운명이었다며 스스로를 위로했다. 처음부터 안젤라는 언젠가를 위한 보험이었다. 이 일이 아니었더라도, 결국 이 결말에 도달했으리라.

안젤라에 대한 생각은 그것으로 끝이었다. 카자크의 머릿속에서 안젤라의 일은 깨끗하게 잊혔다. 그보다는 지금 당장 다음 배신을 향해 달려야 한다.

성욕보다도, 식욕보다도 강렬한 '배신욕'은 지금도 카자크를 가열하게 채찍질하고 있었다.

"정말로… 지독한 저주로군."

이 저주는 언제까지 이어지는 것일까. 그걸 생각하면 아연함마저 느껴졌지만, 그마저도 오래 생각하고 있을 수는 없었다.

다음 '배신욕'이 가리키는 대상은 카자크가 속한 교단 내의 비밀조직, '죽은 신들의 사회'.

카자크는 죽은 신들의 사회를 배신하기로 마음먹었다.

교단에서의 지위를 단번에 잃어버릴 수도 있는 위험 부담을 안고, 파문마저도 각오하고 충성과 결의를 바쳤던 집단이었다. 말 그대로 카자크는 죽은 신들의 사회에 인생을 걸었었다.

그러나 이제는 아니다. 지금부터는 그렇지 않다. 카자크에게 있어 죽은 신들의 사회는 이제 다음 배신 대상일 뿐이었다. 카자크는 죽은 신들의 사회를 파멸로 이끌기 위한 계책을 떠올렸다. 그것은 너무나도 쉬운 일이었기에, 카자크는 더 어려운 몇 가지 계책을 더 세워야 했다.

"너무나도 지독해."

카자크는 다시금 독백했다.

그 이진혁이라는 자가 건 저주는 얄궂게도 카자크가 소중히 여겼던 대상을 우선적으로 파괴하도록 움직이고 있었다. 가장 배신하고 싶지 않았던 대상을 가장 먼저 배신하도록 만들었고, 그 첫 제물이 안젤라였다.

그러나 배신을 마음먹은 그 순간, 가슴 가득히 채워지는 이 희열은 도저히 거부할 수 없었다. 실제로 움직여 안젤라의 목을 베었을 때의 열락감은 이보다도 더 컸다.

'그걸 다시 한번만 맛볼 수 있다면!'

카자크는 뭐든지 할 수 있을 것 같은 느낌에 사로잡혔다.

"움직이지."

안젤라의 목숨을 완전히 끊어놓기 위해 세웠고 실행했던 계책들에 대해서는 이미 안중에도 없었다. 그 계책으로 인해 살의로 번들거리는 칼날이 안젤라를 향하고 있었지만, 그걸 지금 와서 중지시키는 것보다는 다음 배신을 준비하는 것이 훨씬 중요했다.

*   *   *

쥬디케이터.

그 이름을 알고 있는 자들은 교단 내에서도 얼마 없다. 쥬디케이터는 극비리에 운영되는 비밀조직이며, 그 임무 또한 대외적으로 알릴 만한 성질의 것이 아니기 때문이다.

쥬디케이터가 심판하는 것은 교단 내부의 배반자이며, 그 심판의 방식은 암살이다.

그들은 생각하지 않는다. 판단하지 않는다. 심의하지 않는다. 그저 처단 명령이 내려진 대상을 말살하는 것만이 그들의 임무이며, 존재 의의이다.

그러한 그들의 본질을 알아챈 자들은 '쥬디케이터'보다는 '아사신' 쪽이 더 어울리는 명칭이 아니냐며 비웃었지만, 매우 높은 확률로 그 비웃음이 곧 그들의 유언이 되었다.

살아 있는 이들 가운데 쥬디케이터를 비웃을 수 있는 자는 없다. 모르는 이들은 그 존재조차 모르기에 비웃을 수 없으며, 아는 이들은 쥬디케이터가 얼마나 두려운 존재인지 잘 알기 때문에 비웃지 않는다.

쥬디케이터의 이번 표적은 바로 인스펙터 안젤라.

안젤라의 위치와 고유 특성에 대해서는 인스펙터 카자크가 제공해 준 정보를 이용하게 되었다. 쥬디케이터 정보부는 처음에는 필요 없다고 했지만, 안젤라의 추적 회피 능력이 생각 외로 뛰어난 탓에 결국 정보 공유를 신청하게 되었다.

쥬디케이터가 안젤라의 위치를 알게 된 것은 바로 그녀가 이진혁에게 투항하기 위해 고유 특성인 [인지의 지평선]을 비활성화시킨 시점이었다. 그 시점에서 즉시 차원 도약을 이용한 요원 투입이 결정되었고, 모든 것이 신속하게 실행되었다.

상부로부터 내려온 안젤라의 정보를 분석한 쥬디케이터 지휘부는 이번 임무에 실무 요원 세 명을 투입했다. 안젤라만을 암살하려면 요원 한 명으로 충분하지만, 그녀가 적성 세력과 접촉해 보호를 받을 경우를 상정한 배치였다.

그리고 그런 쥬디케이터의 판단은 틀리지 않았다. 상부로부터 안젤라가 교단 명단에서 제외되었다는 소식이 들어왔기 때문이다. 그 소식이 가리키는 바는 명백했다. 그녀는 타 세력에 투항했고 그 항복은 받아들여졌다.

그 시점에서 쥬디케이터는 요원에게 전달한 임무의 성격을 암살에서 말살로 바꾸었다. 요원들에게는 인퀴지터 신분이 위장 신분으로 주어졌다.

"다행이군."

세 쥬디케이터 요원 중 가장 연장자이자 실력자, 현장 지휘관인 디그리트는 안도의 한숨을 내쉬었다.

타깃은 쥬디케이터의 정보부마저 속일 정도로 뛰어난 투명화 능력을 지닌 상대다. 암살이 불가능하진 않지만, 첫 습격에 실패한다면 임무 실행에 큰 지장을 빚을 뻔했다.

하지만 암살이 아니라 말살이라면 이야기는 달라진다.

언제든 어느 시대든, 숨어 있는 벌레를 처리하는 데 가장 확실한 방법은 따로 있으니.

"집을 태우겠다."

이 변경 지역을 관리하고 있는 '진짜' 인퀴지터들에겐 안타까운 일이지만, 그들의 책임하에 놓인 변경 지역은 잠시 후 통째로 날아가게 될 것이다.

쥬디케이터 정보부의 정보 조작으로 인해 이 일을 저지른 책임은 해당 인퀴지터들이 지게 될 터니, 현장 책임자인 디그리트는 그 해결 방법을 사용하길 망설일 이유가 터럭만큼도 없었다.

*　　　　*　　　　*

나는 갑자기 동쪽 하늘이 물드는 걸 보고 기겁했다. [간파]를 띄울 필요도 없이, 굳이 직감의 힘을 빌리지 않더라도 눈으로 보고 직관적으로 알 수 있는 위기였다.

당연히 직감은 요란하게 경고성을 울리고 있었고, [현묘한 간파]를 쏴보자 저 동쪽의 노을이 스킬 때문임을 알 수 있었다.

[현묘한 간파]
—염옥강림

[염옥강림]
—등급: 전설(Legend)
—숙련도: A랭크

—효과: 지옥이 실존하든 그렇지 않든 상관없는 일이다. 염옥강림 앞에선 전설의 지옥이 재현될 것이니.

저 막대한 열량이 그대로 투사된다면 이 습지는 통째로 말라붙을 것이고 모든 생명체가 절멸할 것이다. 나를 포함해서 말이다!

이제껏 인퀴지터들은 이렇게까지 직접적인 대량 살상 수단을 동원한 적이 없기에 나는 조금 당황하고 말았다.

"…이러고 있을 순 없지!"

저 공격을 그대로 내버려 두면 어쩌면 이 습지대에 머무르고 있을지도 모르는 인류 종족은 확실하게 다 삶아지고 말 것이다. 그럴 가능성이 높지는 않아도 없지는 않다는 점에서 나는 나서야만 했다. 아니, 애초에 그냥 있으면 나부터가 죽는다!

다행히 이럴 때를 위해 남겨둔 스킬이 있다. 문제는 지금 내 비행 스킬이 F랭크에 불과하다는 건데…….

"안젤라!"

"네! 선배!"

"너 하늘 날 수 있지?"

카자크와 상대할 때, 지원을 오던 안젤라는 분명 하늘을 통해 날아왔다. 안젤라는 당연히 고개를 끄덕였고, 그래서 나는 그녀에게 협력을 부탁했다.

"나 좀 저쪽 하늘로 올려다주지 않을래? 고도만 확보되면 괜찮으니."

"그거야 뭐 어려울 것 없지만…… 도망치는 게 더 낫지 않아요?"

"방법이 있어."

"알았어요."

오늘 처음 만났음에도 불구하고, 안젤라는 내게 이상한 신뢰감을 보여주며 고개를 끄덕였다. 기왕 한배를 탄 거 과거 일은 잊고 화끈하게 나가보자는 건가? 그거 좋지!

"가자!"

나는 안젤라에게 안겨 하늘로 날아올랐다. 안젤라도 강력한 플레이어인지라 내 몸 하나 들고 나는 건 큰 문제 없었다.

"좋아, 이 정도면 됐어! 날 던져!!"

"넵! 하아아아압!!"

안젤라는 깜짝 놀랄 정도로 세게 날 던졌다. 그게 내가 바라던 바였다. 나는 벨트 형태가 되어 있던 갑옷을 전개하고 날개를 펼쳐 활강하여 자세를 갖추면서, 내 비장의 스킬을 발동했다.

그 비장의 스킬이란!

[흡수/방출] S랭크+5 세부 효과
마력 능력치에 따라 흡수 가능한 에너지가 늘어난다. 강화치가

높을수록 마력 능력치 효율이 높아진다.

　과거에는 [인스턴트 익스플로전] 하나 제대로 흡수해 내지 못했던 [흡수/방출] 스킬이지만 S랭크를 찍으면서 새로운 보너스가 생겼다.

　그리고 비록 [진리대마공-개]의 [진리마심]으로 얻었던 마력은 다 잃고 말았지만 꾸준히 [진리대주천]을 돌려 쌓아놨던 마력 능력치는 다행히 그대로여서 내 마력은 여전히 99+다. 제대로 표기는 안 되지만 아무튼 높다.

　"가능성은… 있어!!"

[흡수]

　나는 동쪽 하늘을 향해 날아가다 [연옥강림]의 영향권에 들어가자마자 스킬을 전개했다. 그러자 내 왼손을 통해 어마어마한 양의 열량이 빨아들여지는 것이 느껴졌다.

　"하아아아압!"

　화르르르륵!

　"크으으으윽!!"

　마치 먼지를 청소기로 빨아들이듯 막대한 열량이 쌓였고, 그리고 곧 내게 한계가 찾아왔다.

　고작 레어급의 스킬로 적의 레전드급 스킬을 전부 다 흡수하리라는 헛된 꿈을 꾸는 건 아니다. 나는 이미 [흡수] 스킬로 꼭 적 스킬을 완전히 받아내야 하는 것은 아니라는 것을 경험으로 알고 있었다.

[방출]

"파아아앗!!"

그리고 [흡수]는 단일 스킬이 아니다. [방출]이 합쳐져야 비로소 하나의 스킬이다.

내 왼손에 응축된 막대한 열량은 오히려 적의 [연옥강림]보다도 강맹한 기세로 뿜어져 나갔다. 그야 그렇다. 같은 양의 물이라도 그냥 붓는 것과 깔때기에 대고 붓는 것은 다르니. 결코 막을 수 없을 것처럼 느껴졌던 [연옥강림]의 압력이 상쇄되어 줄어들기 시작했다.

Chapter 8

　하지만 이것으로도 부족했다. 내가 흡수한 열량은 아무래도 절반도 못 미쳤던 듯, 방출된 열량의 기세가 조금이라도 뒤처지자 다시 [연옥강림]이 밀고 들어오기 시작했다.

　"치이잇! 역시 부족한가?!"

　나는 [진리현현]을 활성화시켜서 내 마력을 불꽃으로 전환해 내뿜기 시작했다. 이것으로 이쪽의 압력이 더 강해지긴 했지만, 하늘 전체를 뒤덮은 열기는 더 강해졌다.

　역시 언 발에 오줌 누기인가. 이대로 밀려나면 오히려 더 뜨거운 열기를 뒤집어쓰는 판이 된다. 나뿐만이 아니라 이 습지대 전체가!

어? 가만.

"깔때기……."

왜 이제까지 이 생각을 못 했을까. 내가 아무리 진리현현을
통해 마력을 화력으로 전환할 수 있다고 해도, 좀 더 효율적
인 방법이 있다면 그 방법을 쓰는 게 맞다. 나는 재빨리 인벤
토리에서 내 주 무장을 꺼냈다.

[3대 삼도수군통제사 대장선 천자총통]

꽤 오래 써먹은 주 무장임에도 아직 내구도는 **빵빵한** 장군
님의 유물에 나는 실컷 마력을 뿜어 넣었다. 그런 후에 천자
총통의 무기스킬을 발동시켰다.

[대장군전 사격]

쾅!

내가 불어넣은 마력이 추진력으로 변환되어, 대장군전이 엄
청난 속도로 허공을 가르며 날아갔다. 그러자 하늘 전체를 꽉
채운 것 같은 [염옥강림]의 열기가 대장군전에 의해 빨아들여
져 마치 소용돌이처럼 휘몰아치기 시작했다.

그리고 그 소용돌이가 향하는 방향은 당연히 대장군전이
쏘아진 쪽. 즉, 적이 있는 방향이다.

휘오오오!

"이야……."

장관이다!

열기로 인해 일그러진 공기가 단번에 빨아올려져, 마치 작은 컵에 빨대를 넣고 힘껏 빨아올린 것 같은 현상이 하늘에서 일어나고 있었다.

원래대로라면 이런 위력까지는 나오지 않는다. 하지만 천자총통을 마력 방출의 깔때기처럼 쓰면서, 그 마력의 압력으로 대장군전 사격의 위력까지 증대시켰기에 상대의 스킬을 밀어낼 수 있을 만한 파워를 갖추게 되었다.

"아무래도 마법포병의 레벨을 더 올리는 것도 생각해 봐야겠는데?"

포를 통해 마력을 사출하는 이 방식은 아무 스킬도 쓰지 않는 것보다는 당연히 스킬을 쓰는 쪽이 더 효율적이다.

지금 내 마법포병 레벨이 고작 5에 불과해 무기 스킬인 대장군전 사격이 더 위력이 높지만 레벨을 올려주면 더 강력한 스킬을 얻을 수 있을 테니, 생각해 볼 만할 것 같았다.

뭐, 그것도 나중 이야기. 지금 해야 할 일은 따로 있다.

"이걸 쏜 놈을 찾아가 오른손 스트레이트를 먹여줘야지."

정확히는 분명 또 준비 중일 다음 광역 스킬을 막아내야 한다.

상대가 괜히 첫 공격을 기습 초장거리 광역 스킬로 한 게 아니다. 적은 안젤라를 노리고 왔고, 그녀가 대단한 은신 능력을 지니고 있다는 것 또한 안다. 그리고 이러한 은신 능력의 카운터가 대규모 광역 타격이니, 적은 대단히 정석적인 방식으로 공격해 오는 셈이다.

이러니 다음 광역 스킬이 올 거라고 예측하는 건 결코 터무니없는 게 아니었다.

적의 광역 스킬을 막는 가장 확실한 방법은 [차단]을 먹여 주는 것이고, 그러지 못하더라도 최소한 내 시야 안에는 놈을 둬야 했다. 그래야 [현묘한 간파]로라도 볼 수 있을 테니까.

나는 인벤토리에서 레벨 업 마스터를 꺼내 들었다. 그리고 레벨 업 마스터에다 대고 외쳤다.

"안젤라!"

―네, 선배!

레벨 업 마스터에 전화 기능이 있다는 건 나도 조금 놀랐다. 전화할 수 있는 대상이 친구, 그러니까 안젤라밖에 없긴 하지만 어쨌든 이것으로 처음으로 이 디바이스의 외견에 걸맞은 기능을 사용한 셈이 된다.

"나 한 번만 더 던져줘!"

―알았어요, 선배!!

안젤라의 목소리는 이상하게 텐션이 높았다.

―이번에는 저도 싸울게요! 이길 수 있어요!! 역시 선배는 강하네요!!

"응? 어, 응."

아니, 처음부터 싸우라고 했을 텐데? 너 혼자 튈 셈이었어? 잠깐의 잡념도 잠시 안젤라가 나타나 갑옷의 날개로 활강하고 있던 나를 붙잡고 다시 한번 집어 던졌다.

"야아아아아압!"

그러고 보니 허공에는 몸을 지탱할 곳이 없는데 날 어떻게 이렇게 세게 집어 던질 수 있지? 그런 의문이 들 정도로 안젤라는 날 세게 던졌다. 뭐 당연히 스킬이겠지만 말이다.

난 다시 갑옷의 날개를 펼쳐 자세를 안정화시켰다. 던져진 방향이 틀리지는 않았는지, 얼마 지나지 않아 허공에 떠 있는 세 인영이 보였다.

"인퀴지터인가?"

―아마 쥬디케이터일 거예요!

아직 끄지 않은 레벨 업 마스터에서 안젤라의 대답이 돌아왔다.

"뭐? 쥬디케이터? 그건 또 뭐야?"

―저도 잘 몰라요!

잘 모르면 이야길 꺼내질 말든지! 그런 걸 따지고 있을 상황은 아니었다.

―아무튼 세니까 조심하세요, 선배!

그런 건 말해주지 않아도 알았다. 내 직감이 불길하게 경고를 보내고 있었으니까.

적은 셋이고, 내 존재를 인지했다. [염옥강림]이 상쇄당한 시점에서 알아차리긴 했겠지만 아예 시야 밖에 있는 것과 시야에 들어오는 건 느낌이 다르다.

물론 그냥 느낌이 다른 걸로 끝나지 않고 시야로 타깃을 잡는 스킬에 노출된다는 점에서 위험도는 비교도 안 될 정도로 상승한다.

이론상의 이야기는 집어치우고, 당장 내 직감이 내지르는 경고성이 훨씬 커진 것으로 모든 것이 증명된다. 온몸의 솜털이 쭈뼛 선 것 같다!

아나나 다를까, 내 모습을 육안으로 확인한 적들이 즉각 움직이기 시작했다. 적들의 움직임에 대응하기 위해, 나는 곧장 [후의 선]과 [현묘한 간파]를 켰다.

그 직후, 나는 [현묘한 간파]가 지니는 한계를 실감해야 했다. [현묘한 간파]로는 주시하는 적만 간파할 수 있다. 당연히 여러 적을 상대로 할 땐 효과가 떨어진다.

물론 실제로 공격이 들어오게 되면 [간파]가 따로 기능할 테지만, 강적을 상대로, 그것도 협공당하는 상황이다. 이것만 믿을 순 없지.

그나마 다행히 [후의 선]에는 [현묘한 간파]와 같은 한계가 없었다. 그러니 적들의 움직임을 미리 보고 눈치 빠르게 [현묘한 간파]로 볼 대상을 바꿔야 한다.

[현묘한 간파]

―다음 스킬: 빙옥강림

사용자: 디그리트

"……!"

그때, 우연히 내가 보고 있던 대상이 마침 대형 스킬을 쓸 것 같아 현묘한 간파로 봤더니 다음 스킬 예측이 떠버렸다.

디그리트는 저 스킬을 쓴 상대의 이름일 테고, [빙옥강림]은 [염옥강림]과 똑같은 레전드급 스킬이었다. 스킬명으로 보아 아마 얼음 속성 공격일 터. 속성만 다르고 위력과 범위는 비슷할 테지.

매우 골치 아프다. [염옥강림]은 쿨일 거라는 계산으로 뛰어들었는데 속성만 다른 비슷한 스킬을 하나 더 갖고 있을 줄은 계산하지 못했다.

아직 시전도 하지 않았으니 뛰어 들어가 [차단]을 쓸 수는 있어 보이지만 너무 위험도가 높다. 레전드급이라 차단 실패 확률이 있을뿐더러, 저 광역 스킬을 지근거리에서 받아내는 것은 더 힘들 터였다. 게다가 무작정 뛰어들면 적들에게 협공 당할 각을 내준다.

어쩌지?

내 정면에는 [빙옥강림]을 준비하는 디그리트, 그리고 다른 두 명이 각각 왼쪽과 오른쪽으로 돌아 뒤를 잡으려는 움직임을 보이고 있었다. 오래 망설이는 건 움직이는 것보다 더 안 좋다.

그럼에도 불구하고 내가 1초 정도 망설였을 시점이었다. 왼쪽 놈의 등 뒤에 안젤라가 아무런 전조도 없이 갑자기 나타나더니 심장을 푹 찌르고 연이어 머리까지 날려 버리는 것이 아닌가!

"굉장하잖아!"

안젤라의 은신 능력이 대단하다는 것은 이미 알고 있었지만, 날 추월해 날아올 수 있을 정도로 고속 비행을 하면서도 들키지 않을 수 있다는 건 몰랐다. 일이 이렇게 된 이상 내가 더 이상 망설일 필요도 없었다.

나는 바로 [에이스의 곡예비행]을 사용해 디그리트를 향해 접근했다. 아직 랭크가 낮아서 추진력은 부족하지만 괜히 레전드급 스킬이 아닌지라 공중에서 방향을 트는 건 식은 죽 먹기보다 쉽다!

디그리트는 날 노려보고 있었지만 스킬 시전에 집중하느라 다른 스킬을 쓰진 못했다. [후의 선]으로 볼 때는 [빙옥강림]이 이미 시전된 상태였지만, 그 말인즉슨 내게 1초의 여유가 있다는 뜻이었다. 그리고 디그리트에게 [차단]을 처박는 데 1초는 차고 넘치는 시간이었다.

퍽!

"욱!"

디그리트의 명치를 노려 주먹을 내질렀지만, 빗나가 왼쪽 어깨를 타격하는 데 그쳤다. 그러나 [차단]은 상대와 접촉만

하면 된다.

어떻게 됐지?! 나는 결과를 확인하기 위해 [후의 선]으로 디그리트를 주목했다.

"으어어어!!"

…차단이 중요한 게 아니라 내가 급한 마음에 펀치를 너무 세게 친 건지, 디그리트의 몸 전체가 허공에서 뱅글뱅글 돌면서 저쪽으로 멀리 날아가 버렸다. 덕분에 [빙옥강림]의 시전을 끊는 데는 성공했지만 이게 [차단] 덕인지 내가 때려서 정신 집중이 풀린 건지 모르겠다.

뭐 좋은 게 좋은 거지!

나는 급히 고개를 돌려 내 오른쪽으로 돌아 뒤를 노리려던 다른 놈을 주시하려고 했다. 그러나 결과적으로 그럴 필요는 없었다. 그놈의 등 뒤에도 안젤라가 나타나 심장을 찌르고 목을 따버렸으니까.

저 절대 은신, 진짜 사긴데? 나라도 [명명백백]이 없으면 대항할 수단이 딱히 없을 정도다. 괜히 적들이 광역 스킬 먼저 날린 게 아닌가 싶다.

"유능하구나!"

나는 큰 목소리로 안젤라를 칭찬했다.

하지만 이걸로 끝이 아닌 걸 나도 알고 안젤라도 안다. 지금껏 내 앞에 나타난 인퀴지터 이상 급의 적에게 부활 수단이 없는 걸 본 적이 없다.

그러니 저들이 부활해 오기 전에 순간적으로 고립된 디그리트를 지금 당장 죽여놔야 한다.

"네년, 네놈! 대체 뭐야?!"

디그리트는 공중에서 자세를 제어해 내며 날 주시하고는 고래고래 소릴 질러댔다. 매우 흥분한 듯 보였다.

"하하하하!"

물론 내가 그 질문에 대답해 줄 이유는 없다.

"가라, 안젤라!!"

그리고 내가 직접 그를 처리해야 할 이유도 부족하다. 이들은 분명 안젤라를 노리고 온 자객들이니 그녀가 직접 처리하는 게 이치에 맞다.

디그리트는 나의 외침에 움찔하더니 곧 스킬을 발동했다. 정확히는 발동할 예정이었다.

[현묘한 간파]
—다음 스킬: 위장 자폭

위장 자폭은 주변 25m 반경을 초토화시키는 슈퍼 레어급 스킬이다. 아무리 인스펙터 출신인 안젤라라고 해도 저 위력의 폭발에 무사할 순 없다. 정말 안젤라 잡으려고 준비한 인원이 맞는 모양인지, 그녀의 카운터가 되는 스킬만 골라 쓰는 게 소름 돋는다.

"물러서, 안젤라! 저놈 자폭한다!!"

내 외침을 들은 안젤라가 뒤로 물러났는지 어땠는지는 안 보여서 모른다. 그녀 대신 내 외침에 반응해 준 건 디그리트였다.

"뭣?! 네놈, 예지 능력을 가졌나!"

"아니, 예상 능력을 지녔지."

나는 거짓말을 했다. 내 대꾸에 디그리트는 잠깐 생각하는 표정이 되었다가 놀림당했다는 걸 뒤늦게 깨달은 듯 얼굴을 시뻘겋게 물들였다.

"너 이 새끼!"

"이거나 먹어라!"

쾅!

들고 있던 [천자총통]에 마력은 이미 밀어 넣어놨었다. 디그리트와 이야기를 나누던 중에 말이다. 발사한 것은 물론 대장군전이다. 사람 상대로는 위력이 떨어지지만 그래도 [마법포 발사]보단 강력하니까.

"큭!"

디그리트는 재빨리 피하려고 했지만 소용없었다. 내 [현묘한 간파]의 부가 능력, 명중/회피 200% 보너스는 이미 발휘되고 있었으니까.

펑!

"끄아아악!"

궤도상 디그리트가 내 사격을 맞을 일은 없어야 했지만 스킬의 능력은 물리법칙을 무시하고 상식적으로 불가능한 방향으로 마법포탄의 궤도를 휘게 해서 어거지로 적중시켰다.

"아직 안 끝났어! 발사!!"

타이밍 좋게 [자동 재장전]으로 스킬 재사용 대기 시간이 초기화되었고, 나는 연이어 [대장군전 사격]을 발동했다.

쾅! 쾅! 쾅! 쾅! 쾅! 쾅!

＊　　　　＊　　　　＊

그렇게 17연발 정도 쏜 것 같다. 솜씨야 원래 높았지만, 행운을 +99로 올린 보람이 있어 마법포병 레벨이 불과 5임에도 불구하고 [자동 재장전]이 연속으로 발동한 덕이다.

—승리!
—강적을 처치했습니다.
—레벨 업!
—레벨 업!

그 결과, 디그리트가 죽었다.

"어? 아니……."

놀란 건 되레 내 쪽이었다.

인퀴지터 이상의 강적을 포격으로 죽인 건 이번이 처음 아닌가? 아무리 [현묘한 간파]의 S랭크 보너스와 [진리대주천]으로 쌓은 마력 99+가 있다곤 해도 이 정도 전과를 올릴 줄이야!

꽤 기뻤지만 내게 그 기쁨을 표현할 시간은 주어지지 않았다.

"……!"

직감이 나를 움직였다. 그럼에도 부족했다.

푸욱!

[간파]

―삼보필살의 일격

"으악!"

내 입에서 비명이 절로 터져 나왔다. 그러나 나는 고통보다도 먼저 의구심을 느꼈다. 아닛, 어째서! 안젤라가 적을 둘 처리하고 내가 디그리트를 처치함으로써 적은 모두 죽였는데!

뭐에 찔렸는지도 모르겠지만 분명 공격당했다! 회피했는데도! 게다가 꽤나 치명적이어 보이는 스킬이 간파에 잡혔다. 삼보필살? 세 걸음 걸으면 죽는 건가, 나?

순간적으로 나는 안젤라를 의심했지만, [간파]의 결과를 보고 곧 그 의심을 접었다. 왜냐하면 [삼보필살의 일격]을 사용한 것은 바로 디그리트였기 때문이다.

뭐야? 디그리트가 왜 살아 있어?

디그리트의 모습은 여전히 보이지 않았다. 속이 서늘했다.

적이 보이질 않으니 당연히 [후의 선]도, [현묘한 간파]도 통하지 않는다.

"그, 렇군."

나는 묘하게 냉정하게 판단했다. 이 녀석들은 안젤라와 같은 타입이다. 은신과 투명화로 몸을 숨기고 암습을 가해오는 게 원래 특기인 녀석들. 그것도 공격을 했음에도 은신이 풀리질 않는 걸 보아 매우 전문적이다.

이건 전적으로 내 책임이다. 죽고 사는 문제인데 신성 쓰는 게 아깝다고 [명명백백]을 꺼두었던 게 화근이다.

처음 조우했을 때 셋 다 모습을 드러내고 있던 것이 날 방심시켰다. 뛰어난 은신 능력이 있다면 몸을 숨기고 있겠지, 왜 뒤늦게 은신을 하겠는가?

하지만 그게 함정이었을 줄이야. 그 일이 실제로 일어났으니 어쩔 수 없다.

생명력이 걷잡을 수 없이 줄어든다. [삼보필살의 일격]으로 인한 영향이다. 뭔가 했더니 극독이었던 모양이다. 높은 강건 능력치로 어지간한 독에는 중독도 안 당하는데, 이번에 당한 건 꽤나 지독하다.

"끄어억……."

그리고 보니 상태 이상을 풀 수 있는 스킬들도 전부 합성이나 융합으로 소모해 버렸다. 답이 없군. 이대로 죽는 건가.

―[명명백백] 숨겨진 옵션 개방!

[대마불사]: 죽기엔 너무 크다.

남은 생명력이 1이 되었을 때, 갑자기 숨겨진 옵션이 개방되더니 나는 죽지 않게 되었다. 그뿐만이 아니라 독의 영향에서 벗어나게 되었고 생명력이 다시 차오르기 시작했다.

"푸핫!"

나는 안도의 한숨을 토해냈다. 심해에 가라앉았다가 간신히 건져져 뭍으로 올라온 느낌이었다. 기괴한 희열이 나를 감쌌다.

"역시… 한번 죽어보면 될 줄 알았어!"

그렇다고 하나밖에 남지 않은 [1UP 코인]을 믿고 자살을 할 수도 없었기에 그냥 뒀었는데, 내 예상대로 한번 죽어보는 게 숨겨진 옵션을 벗겨내는 조건이 맞았다.

반쯤은 예상치 못하게 발동한 [대마불사] 덕에 완전히 되살아났지만, 그 대신 신성이 조금 줄었다. 하긴 이 정도로 고급스러운 효과인데 소모 값이 없을 수야 없지.

즉사형 독을 해독하고 죽을 위기에서 벗어난 데다 생명력을 다시 꽉 채워주는 비용으로 신성 3은 굉장히 싼 것이긴 했지만, 문제는 신성의 총량이다. 이래서야 앞으로 신성 관리가 세상에서 가장 중요한 덕목이 될 듯했다.

[명명백백]

신성 아깝게 또 죽을 수는 없기에, 나는 [명명백백]을 켜고 모습을 숨긴 암살자들을 찾아냈다.

[현묘한 간파]로 들여다본 결과, 놈들이 쓰고 있는 스킬은 [전술적 위장 사망]. 죽은 척을 하는 동시에 제자리에 정교한 디코이를 남기고 본신은 은폐하는 레전드급 스킬이었다.

결론부터 말하자면 셋 다 죽은 적이 없었다. 분명히 죽이고 경험치까지 받았는데 말이다. 상태창을 얼른 띄워보니 내 반격가 레벨은 여전히 26이었다. 괜히 레전드급 스킬인 게 아니라 상대에게 가짜 시스템 메시지를 송출하는 기능이 붙어 있었던 모양이다.

그건 그렇고 하나 구하기도 힘든 레전드급 스킬을 셋 다 동시에 쓰다니. 무슨 레전드급 스킬을 상점표 일반 스킬처럼 돌려쓰고 있는 걸 보니 부럽기도 하고 두렵기도 하다. 이게 쥬디 케이터의, 교단의 저력인가.

하지만 이건 절호의 기회이기도 했다. 적들은 아직 본인들이 들켰는지 모른다. 내가 죽지 않은 걸 보고 다소 당황하는 기색이 역력했지만, 곧장 다음 공격을 준비하고 있었다.

나는 내 뒤로 돌아오는 적을 그냥 내버려 두었다. 그리고 적당한 시점이 된 순간, 기폭 스위치를 눌렀다.

[위장 자폭]

—등급: 매우 희귀(Super Rare)

—숙련도: 연습 랭크

—효과: 시전자를 중심으로 폭발을 일으킨다. 스킬 사용 후 시전자는 하급 투명화 상태가 된다.

콰앙!

"끄아악!"

좋아, 성공시켰다. 위장 자폭. 비록 연습 랭크에 불과하다지만 내 마력이 99+다. 화력은 꽤나 뛰어났다. 왜 나한테 이런 스킬이 있냐고? 몇 분 전에 디그리트에게서 뜯어 왔거든. 레전드급은 등급이 너무 높아 못 뜯어 오는 것 같지만 슈퍼 레어급 정도야 문제없었다.

물론 디그리트는 위장 자폭을 쓴 적이 없다. 그냥 위장 자폭을 쓰겠다고 마음먹은 것에 불과했지만, [현묘한 간파]와 [간파]의 화려한 콜라보레이션은 단지 그것만으로 스킬을 뜯어 오는 것에 성공했다.

디그리트의 입장에선 좀 황당하고 억울하겠지만 뭐 어쩌겠는가, 이게 바로 [스킬]인걸.

어쨌든 최대한 자폭 범위 안에 적을 끌어들인 다음 기폭했기에 꽤 큰 피해를 입힌 것 같다. 물론 이 일격으로 죽이는 것은 무리였지만 말이다.

"……!"

"……!"

내 갑작스러운 자폭에 적들은 놀라고 당황했지만, 아직 입을 열거나 즉각 대응에 나서지는 않았다. 들키지 않았다고 생각한 것이리라.

그것까지 계산하고 쓴 위장 자폭이니 당연하지. 타겟을 잡고 쓰는 스킬로 적을 처치했다면 들켰다고 판단했겠지만, 위장 자폭은 일단 쓰고 숨어드는 용도로도 쓰이기 때문에 적들의 판단에는 근거가 있다.

뭐, 적들이 내 자폭을 위장 자폭인지 진짜 자폭인지 구분할 수 있을지 없을지는 모르지만 그건 큰 문제가 아니다. 중요한 건 아직 내 공세는 끝나지 않았다는 점이었다.

스킬 사용 후 투명화 상태가 되는 게 위장 자폭 스킬의 백미이다. 물론 하급 투명화라 크게 움직이거나 공격하면 풀려 버리지만, 잠깐 적들의 눈을 속이는 걸로 충분하다.

상대가 만만찮음을 알았으니, 아끼지 않고 퍼붓는다.

나는 투명화가 풀리지 않도록 되도록 천천히 이동해 두 명의 적을 내 정면의 일직선상에 두었다. 혹시나 빗나갈까 봐 멀리 있는 쪽의 적을 [현묘한 간파]로 노려보고, 바로 스킬을 시전했다. 한 호흡의 시전 시간을 투자해서 때려 박을 스킬은 바로… [뇌신의 징벌]!

빠지지직!

신성을 5나 소모하는 신화급 대형 스킬이 내 손을 통해 뻗어

나갔다. 일순간밖에 보이지 않지만 한번 보면 절대 잊을 수 없는 진한 인상의 굵은 백광이 두 명의 쥬디케이터를 관통했다.

"으어억!"

"크으윽!!"

첫 발은 버티는군. 하지만 이건 어떨까?

꽈릉!

이어지는 낙뢰. 무자비하게 꽂힌 벼락은 두 쥬디케이터의 목숨을 앗아 가는 데 충분하고도 넘칠 위력이었다. 비명조차 지르지 못하고 그 자리에서 시체까지 소멸시켜 버렸다.

그 증거로, 보라. 내 레벨이 네 단계나 올랐고 카르마 연산이 이뤄지는 것을.

"…어? 카르마 연산?"

카르마 연산이 일어났다는 건 완전히 죽었다는 뜻인데. 이 놈들 설마 [1UP 코인] 안 갖고 있는 건가? 아니면 이것도 [전술적 위망 사망]인가?

나는 급히 상태창을 열어 내 레벨을 점검해 보았다. 그러자 레벨은 정상적으로 올라 있었다. 방금 전에 놈들이 사용했던 [전술적 위장 사망]의 스킬 효과와는 다르다.

더군다나 디그리트는 완전히 질린 얼굴로 나를 바라보고 있었다. 위장 자폭의 하급 투명화 효과는 이미 풀려 내 모습이 보임에도 감히 날 공격할 생각을 못 하고 있었다.

저렇게까지 사기가 떨어진 걸 보니, 정말로 그의 아군들이 죽었음을 나는 뒤늦게 확신할 수 있었다.

황망히 나를 바라보고 있던 디그리트의 입술이 뒤늦게 열렸다.

"시, 신광……?!"

신광? 신의 빛? 어쨌든 칭찬이겠지? 그러나 디그리트의 이어진 말은 내게 있어선 매우 의외의 말이었다.

"…만신전의 끄나풀이 이런 곳에서 무슨 짓이냐!"

디그리트의 입에서 갑자기 생경한 단어가 내게 쏟아졌다.

"뭐? 만신전?"

"모르는 척 마라. 그 신성! 그 신화급 스킬! 내 눈을 속일 수는 없다. 신이 이런 곳에 직접 강림하진 않았을 테니 신의 화신이거나 하겠지."

아무래도 디그리트는 뭔가 오해를 하고 있는 듯했다.

"교단과 만신전이 상호 불가침의 조약을 맺은 것을 모르지는 않을 것이다. 이 일이 외교적으로 어떤 문제를 빚을 것인지 알고 이런 짓을 벌이는 것이냐! 일개 화신이 책임질 수 없는 일이다!!"

"어, 그렇군. 미안."

디그리트의 당당한 발언에, 나는 나도 모르게 사과를 해버리고 말았다.

"그렇다면 난 이 일을 적극적으로 숨겨야만 하겠군."

"그래, 적극적으로……. 뭐?"

디그리트는 뒤늦게 내 말뜻을 깨달은 듯 눈을 끔벅거렸다. 거참, 겉보기와 달리 눈치가 없는 양반이구만.

[기아스]

"[죽어라]."

카자크 때는 안젤라가 무서워서 못 썼던 명령어지만 지금은 다르다. 남은 게 디그리트 한 명인데 굳이 깔끔한 [죽어라]를 안 쓸 이유가 없다.

기아스로 죽이는 게 좋은 점은 뭐냐면 부활 수단을 신경 쓸 필요가 없다는 것이다.

혹시 되살아날 수단이 있더라도 본인이 그걸 끄고 죽고 자동으로 발동하는 식이라 끌 수 없다면 본인이 다시 한번 자살해 주니까.

즉, 죽고 나서 카르마 마켓에서 [귀환의 돌] 같은 걸로 도망치는 걸 미리 방지할 수 있다.

[가파]
—자폭

와, 이번 건 진짜 자폭이네. 나는 자폭 범위 바깥으로 물러나 주었다.

쾅!

기아스에 걸린 디그리트가 이 자리에서 자폭하자 두 번의 레벨 업 후에 곧장 카르마 연산이 시작되었다. 쥬디케이터 이놈들도 인퀴지터 못지않게 사람들을 어지간히 죽였군. 포지티브 카르마가 대량으로 들어왔다.

어쩌면 쥬디케이터들을 상대할 땐 [1UP 코인]이나 [귀환의 돌]에 대한 걸 염두에 둘 필요도 없었는지도 모르겠다. 네거티브 카르마와 포지티브 카르마를 동시에 쌓아둘 수 없다는 건 튜토리얼에서 이미 들었던 이야기고, 실제로 인퀴지터들도 [1UP 코인] 같은 건 안 썼으니 말이다. 뭐, 그래도 항상 만약의 경우는 생각해 봐야겠지.

후… 그건 그렇고 이놈들 잡느라 신성을 엄청 썼네. 무려 15나 썼다. 안젤라를 위해서 일정량의 신성은 항상 남겨놔야 하는데. 혹시 날 배신할지도 모르니까. 뭐 일단 [명명백백]을 쓸 신성은 남아 있으니 암습당해도 반격 정돈 할 수 있겠다 싶다.

어쨌든 신성을 쓴 보람은 있다. 세 명이나 죽인 덕에 경험치는 그만큼 많이 들어와서 6레벨이나 올랐으니 말이다.

이름: 이진혁
레벨: 반격가 32레벨

30레벨을 찍으면서 새 스킬을 배웠다!

"이거, 카자크한테 고마워해야겠는데?"

나는 혼잣말을 하며 씨익 웃었다. 카자크의 [은밀 추적] 덕에 쥬디케이터들이 여기까지 찾아올 수 있었고, 이들을 처치하면서 레벨 업을 할 수 있었으니까 말이다.

"이, 이긴 거예요?! 쥬디케이터를?!"

어느새 내 주변에 다가와 있던 안젤라가 이상한 소릴 했다. 왜 이러지, 얜?

"보고도 몰라?"

"선배……. 어마어마하게 강하네요. 예상은 했지만 그것보다 훨씬 더요."

"그래?"

나쁜 인식은 아니다. 안젤라가 내가 강하다고 인식할수록 그녀가 날 배신할 가능성은 줄어드니까. 하지만 마음속 어딘가가 간질간질한 건 어쩔 수 없다.

사람한테서 강하다는 소릴 듣는 건 이번이 처음이거든.

NPC들은 제외하고, 사람한테서 말이다.

그래서 난 안젤라에게 서비스를 하나 해주기로 했다.

[현묘한 간파를 켜고 안젤라를 건드렸다. 툭.

[차단]

"어? 지금 제게 뭐 하신 거예요?"

"너한테 걸려 있던 [은밀 추적]을 해제했어. 카자크가 걸었던 거."

"아… 감사합니다!"

"감사는 뭘."

사실은 은밀 추적을 그냥 놔둔 채로 안젤라를 미끼로 써서 그녀를 노리고 찾아오는 추적자들을 불러들여 잡아먹으려다가, 추적자들의 수준이 은근히 높아서 계획을 취소한 거에 불과하다.

이런 식으로 신성을 낭비하다간 안젤라를 상대로도 등 뒤를 조심해야 하니 아까워도 어쩔 수 없다. 아무리 인류연맹이 그녀에 대한 파문권을 발동할 수 있다고 하더라도 일이 생긴 다음엔 늦으니까 나로서도 최소한도의 대비는 해야지.

"그보다 이동하자. 기껏 은밀 추적도 해제했는데 여기 남아 있으면 의미가 없으니까."

"네!"

*　　　　*　　　　*

반격가 32레벨을 찍게 되면서 새로 얻은 스킬은 이것이었다.

[응보의 때]

―등급: 매우 희귀(Super Rare)

―숙련도: 연습 랭크

―효과: 활성화시킨 상태에서 받은 스킬 공격을 같은 위력, 같은 효과로 되돌려줄 확률이 생긴다. 이때, 해당 스킬 사용에 필요한 자원은 체력으로 갈음할 수 있다.

아무래도 [받아쳐 날리기]나 [흡수/방출]의 상위 호환인 느낌의 스킬이다. 완전한 상위 호환은 아니고, 액티브 스킬로 아무 때나 원하는 대로 사용할 수 있는 하위 스킬들과는 달리 토글 스킬이고 확률에 걸어야 하는 단점이 있긴 하다.

하지만 [간파] S랭크로 뜯어 온 스킬을 바로 쓸 때는 연습 랭크라 만족할 만한 성능이 안 나오는 것에 비해, 이 스킬은 적이 썼던 것과 같은 위력으로 반격을 안겨줄 수 있다는 점에서 꽤 매력적인 스킬이다.

그리고 경험상 이 스킬도 S랭크를 찍고 나면 여러 옵션이 붙어 더 좋은 스킬이 될 게 확실하니 키워주는 게 좋을 것 같다.

"저, 선배."

"응?"

참고로 나는 지금 안젤라한테 실려서 하늘을 날고 있다.

나라고 하고 싶어서 이러고 있는 건 아니다. 물론 내게도 [에이스의 곡예비행]이 있고, 갑옷의 능력을 쓰면 활강이 가능하지만 아직 랭크가 낮아서… 추진력이…….

아니, 사실은 그냥 귀찮아서 이러고 있는 거다. 그래, 인정하자. 이러고 있고 싶어서 이러는 거다. 거 참 되게 편하네.

그리고 노림수는 한 가지 더 있다.

[에이스의 곡예비행]이 있음에도 불구하고 모기 상대로 [비행] 스킬을 못 뜯어낸 것이 마음에 걸린 나는 안젤라더러 나 데리고 날아달라고 부탁하고 [현묘한 간파]로 그녀를 노려보았다.

안젤라에게서 비행 스킬을 뜯어내려고 한 짓이었다. 하지만 결과는 실패로 돌아왔다. 안젤라를 비롯한 교단 소속 천사들이 날아다닐 수 있는 건 아마도 천사 종족 특성이겠지. 모기들과 마찬가지로 말이다.

흠흠, 아쉽군.

"선배."

그렇게 혼자 아쉬워하고 있을 때, 안젤라가 갑자기 날 불렀다.

"어? 뭐, 왜?"

하던 생각이 생각인지라 괜히 찔려서 말을 더듬고 말았다. 젠장. 하지만 안젤라는 크게 신경 쓰지 않는 모양인지, 아니면 말하려던 게 더 중요했던 모양인지 지상 쪽을 손가락으로 가리키며 말했다.

"저기, 사람들이 보이는데요."

"사람?"

인류 종족인가? 생각하고 있으려니, 퀘스트가 띵 하고 떴다. 현지 인류 종족 접촉 퀘스트. 인류 맞군.

"어, 퀘스트가 떴어요!"

"너한테도?"

퀘스트는 이미 내겐 익숙하지만 안젤라에겐 처음일 인류 종족 접촉 퀘스트였다.

"좋아, 접촉해 보자."

퀘스트의 보상은 이미 내겐 아무 의미가 없는 수준이 되어 버렸지만, 인류 종족의 우호도를 올려서 신앙으로 치환시킬 수 있으면 신성을 얻을 수 있기 때문에 무시할 수 없다.

"네!"

안젤라도 인류연맹에 들어오고 나서 받은 첫 퀘스트라 그런지 꽤 의욕적인 반응을 보여주고 있었다. 좋은 일이다.

*　　　　*　　　　*

우리는 아직 습지를 완전히 벗어나지 않은, 서쪽 끄트머리라 할 수 있는 지역에 내려앉았다. 그곳에서는 한 무리의 사람들이 모여 동쪽 하늘을 향해 연신 절을 하고 있었다.

그런데 하늘에서 내려앉은 우리들을 보더니, 그 사람들은 방향을 바꿔 우릴 향해 절을 하기 시작했다.

"신이시여! 우릴 구원하소서!!"

가장 앞에서 우리에게 절을 하던 자가 갑자기 소릴 빼액 질렀다.

이거 어디서 본 패턴인데……. 내가 아무것도 안 했는데 일
단 넙죽 엎드리는 걸 보면 마치 세이렌들 같았다.

그런데 세이렌들과는 달리 이들의 우호도는 0에서 움직이
지 않았다. 그냥 살고 싶어서 엎드리긴 했지만 딱히 이쪽이
좋아서 이러는 건 아닌 듯했다.

하긴 이게 정상이지.

"뭐라고 그러는 거예요? 선배는 알아듣겠어요?"

아, 그랬지. 내가 인류 종족의 말을 알아듣는 건 어디까지
나 지구인의 종족 특성 덕이었다. 지구인 출신이건 뭐건 현재
종족은 천사인 안젤라가 얘네 말을 알아들을 리 만무했다.

"자네들은 누구고 여기서 왜 이러고 있는가?"

나는 대충 말했지만, 가장 앞에서 내게 소릴 지른 자는 찰
떡같이 알아듣고 대답했다.

"오, 위대하신 이시여. 저희는 이 습지대 전체를 점령하고
살던 이들로서 저희는 저희 스스로를 트롤이라 일컫나이다.
번성하던 저희 종족의 운명은 어느 날 신께서 강림하사 불을
금한 날부터 꺾이기 시작했습니다."

"짧게, 본론만."

나는 트롤, 퀘스트 텍스트에는 습지 트롤이라 기록된 그자의
말을 끊고 말했다. 왠지 이 녀석도 말이 길어질 것 같았거든.

내가 이렇게 나오자 트롤 대표는 한 번 입맛을 다시더니 말
했다.

"…동쪽 하늘에서 신께서 강림하셨을 때와 같은 거대한 불꽃과 섬광이 빛나, 그때와 같은 또 다른 재앙이 저희를 덮칠까 두려워 신께 빌고 있나이다."

"그렇군. 그 재앙이란 거대한 모기가 창궐하고 너희 피를 빨아 먹는 걸 뜻하느냐?"

"그, 그러하나이다."

트롤은 적지 않게 놀라며 내게 머리를 조아려 보였다. 흐음, 조금 약을 팔아볼까?

"그 재앙이라면 더 이상 두려워할 것 없다. 내가 모기들을 처치했으니. 그리고 장차 내려올 커다란 재앙도 두려워할 필요 없다. 이 습지 전체를 불태우려는 악신의 음모를 내가 막아 냈으니."

"오, 오오오! 그게 정말입니까!!"

트롤은 크게 놀라며 머리를 축축한 땅에 박아 절했다. 하지만 이 녀석, 내 말을 믿진 않는군. 우호도는 조금도 움직이지 않는다.

"믿지 않는군."

나는 일부러 노한 척하며, [진리현현]를 이용해 내 두 눈에 뇌광을 번뜩이게 만들었다.

"아, 아닙니다. 저희가 어찌……."

그리고 드디어 트롤의 우호도가 5 올랐다. 음? 나는 [진리현현]으로 일으켰던 뇌광을 다시 꺼뜨렸다. 그러자 올랐던 우호도가 도로 떨어졌다.

이놈들 혹시…….

아니, 아닐지도 모른다. 나는 조금만 더 실험해 보기로 마음먹었다.

"그러고 보니 트롤한텐 재생 능력이 있다지?"

"예……? 예."

"그럼 몇 대 맞아도 괜찮겠군."

"예에?!"

내 폭언에 트롤들은 오들오들 떨기 시작했다. 그리고 우호도도 오르기 시작했다. 아니, 어째서? 라는 의문보다는 역시 그랬군, 이라는 확신이 앞섰다.

이놈들, 오크랑 같은 과다!

이런 놈들을 살리자고 내가 [염옥강림]을 몸으로 받아가며 막아냈던가. 하지만 그건 잘한 일이었다. 트롤들의 우호도를 올리면 소모했던 신성을 그만큼 보상받을 수 있을 테니까.

그러려면 패야 되는데……. 어떻게 패야 잘 팼단 말을 들을까?

나는 새롭게 솟아난 고민에 고개를 갸웃거렸다. 그러고 있으려니 미량 올랐던 우호도가 다시 떨어지면서, 습지대에 머리를 박고 있던 트롤 수장이 눈치를 좀 보더니 슬쩍 고개를 들어 올렸다.

"저희가 사실, 말만 앞서는 사기꾼을 싫어해서 말입죠."

내가 눈을 깜박이며 놈이 하는 요량을 보고 있으려니, 기세가 오른 듯 트롤 수장은 허리를 완전히 펴며 일어섰다. 놈의 키는 꽤나 컸다. 3m 정도는 되는 것 같다. 나를 내려다보고 피식 웃으며, 놈은 다시 입을 열었다.

"아까 보니 여자한테 짐짝처럼 들려서 오시던데, 하신 말씀들 믿어도 되는 겝니까?"

말투도 껄렁해졌다. 그리고 우호도도 어느새 지하를 뚫고 마이너스가 되어 있었다.

이러는 트롤 수장을 보면서, 나는 흐뭇하게 웃었다.

"자네에게 감사해야겠군."

빠악!

"크억!"

"이것은 사랑의 매다."

나는 폭력이 인간을 개선할 수 있다고 믿지는 않는다. 어떻게 사람을 팬다고 갱생이 되겠는가? 그러니 이건 트롤의 태도를 고치기 위함이 아니라 그냥 단순한 우호도 파밍이다. 트롤을 위한 게 아니라 단순히 내 이기심의 발로다.

실제로 우호도도 오르고 있고 말이다.

"때리는 내 마음이 더 아프군."

"끄어억……."

능력치 차가 너무 커서 안 죽게 잘 패는 게 더 힘들었다. 하지만 한번 감을 잡으니 금방 요령을 터득할 수 있었다.

"수, 수장을 구해라!"

"와아아아!!"

그러나 트롤들이 보기엔 내가 트롤 수장을 죽일 것같이 보인 건지, 목숨을 걸고 내게 달려들기 시작했다. 음, 그 의기는 칭찬할 만했다. 그리고 무의미하지도 않았다. 왜냐하면 더 많은 트롤들을 더 신나게 두들겨 팼더니 우호도가 아까보다 잘 올랐기 때문이다.

그렇게 열심히 우호도 작업 중인 나를 안젤라는 멀리 떨어져서 바들바들 떨며 지켜보고 있었다. 그 모습은 뭐랄까, 이런 상황에서 이런 말을 하긴 좀 그렇지만, 귀여웠다.

*   *   *

"100이 한계로군."

나는 혀를 찼다. 우호도 100을 올린 시점에서 더 이상 변화가 없었다. 아무리 두들겨 패도 100 이상을 초과하지는 않는다.

"으……."

더군다나 트롤들의 상처 재생 능력이 조금씩 떨어져 가고 있었다. 조금 더 패면 죽으려나. 죽으면 안 되지.

[진리현현]

나는 마력을 생명의 속성으로 바꿔 트롤들을 향해 뿌려주었다. 그러자 다 죽어가던 트롤들이 생기를 되찾고 살아나기 시작했다. 상처 재생 속도도 다시 빨라진 걸 보니, 조금 더 패도 될 것 같았다.

그런 생각에 내가 주먹을 들어 올리자, 트롤 수장이 내게 급히 넙죽 엎드렸다.

"위, 위대하신 이여!"

"내 이름은 이진혁이다."

"이진혁 님! 정말로 죄송합니다. 제가 잘못했습니다!!"

"흐음, 뭘 잘못했다고 하는 거지?"

"그……."

트롤 수장은 눈알을 굴렸다. 나는 그런 트롤 수장의 모습을 보며 피식 웃었다.

"그래, 맞다. 너희는 특별히 잘못한 게 없지. 그냥 약해서 얻어맞았을 뿐이다."

그런 내 말에, 트롤 수장은 대답할 말이 딱히 없는지 잠시 입을 다물었다.

"…약한 것은 죄입니다. 그것이 저희의 죄입니다. 맞아 죽기에 딱 합당한 죄이지요."

트롤 수장의 목소리나 표정에 특별히 비꼬는 기색은 없었다. 아니, 이제껏 본 중에 가장 진지하고 정중한 태도로 트롤 수장은 그리 말하고 있었다. 진심으로 그렇다고 생각하는 것이리라.

"그런데 이진혁 님은 어째서 저희를 치료해 주신 겁니까?"

"약한 것이 맞아 죽기에 합당한 죄는 아니기 때문이다."

나는 대놓고 트롤 수장의 말을 부정했다. 아마도 그의 일생을 지배했을 사상을 목전에서 부정해 주었다.

"너는 나를 얕잡아 보고, 내 약함을 징벌하려 했겠지만 나는 아니다. 나는 그저 너희의 예로써 너희를 대한 것뿐. 그러나 그것도 여기까지다. 이제부터는 나의 정의로 너희를 대하리라."

사실은 그냥 패는 게 제일 우호도가 잘 올라서 팬 것뿐이지만, 나는 입술에 침도 안 바르고 내 행위를 포장해 냈다.

패는 것만으로는 우호도가 100 이상 오르지 않는다면 이 방법도 틀렸다. 다른 방법을 생각해 내야 했다.

그리고 내가 생각해 낸 그 다른 방법이 바로 이것이었다.

나는 아직도 많이 남은 굳은 빵을 인벤토리에서 꺼내 들었다. 그리고 그것을 반 잘라 나누었다.

"내 앞에 나와 이 빵을 받으라."

음식을 나누는 것은 식량이 부족한 이 세계에서 아주 잘 먹히는 우호도 작업 수단이었다.

트롤 수장은 어안이 벙벙해 그 큰 두 눈을 끔벅이더니, 천천히 앞으로 나와 내게서 빵을 받아 들었다. 그리고 그 순간, [진리명경]의 숨겨진 옵션이 개방되었다.

―[숨겨진 옵션] 개방!

[오병이어] 나눌수록 커지는 기쁨.

분명 반으로 갈라 나누었던 빵 반토막이 다시 완전한 하나로 되돌아갔다. 그리고 트롤 수장의 손에도 완전한 빵이 들려 있었다.

"오, 오오⋯⋯!"

명백한 기적에 그동안 숨죽이고 있던 다른 트롤들도 탄성을 금치 못했다. 사실 나도 마찬가지다. 소리만 안 냈을 뿐이지 적잖이 놀랐다.

그리고 내가 놀란 진짜 이유는 이 기적에 드는 코스트가 제로라는 점 때문이었다.

하긴 일반 스킬인 캠프파이어도 이 정도는 노 코스트로 가능했다. 물론 효율은 반토막이긴 했지만. 음식 좀 나눈다고 신성이 날아가면 나는 앞으로 평생 혼자 밥을 먹어야 할 판이었다. 뭐 그래도 상관은 없지만, 이제까지도 혼자 밥 잘만 먹었지만.

아무튼!

"다들 오라. 빵을 나누자."

나는 놀란 마음을 감춘 채 아무렇지 않음을 가장하고 다른 트롤들을 불러 빵을 나누었다. 좋아, 50명을 넘겨도 신성 소모가 없다는 게 확인되었다.

"다친 자에게 치료를. 굶주린 자에게 음식을. 이것이 나의 정의다."

내가 그렇게 대충 듣기에 그럴 듯한 말을 남기고 혼자 만족스럽게 웃고 있으려니, 뜻밖에도 트롤 수장이 뜨거운 눈물을 터뜨렸다.

"이, 이것이… 정의……! 으아아앗……. 으아아아아앙!!"

그러더니 그 자리에서 어린애처럼 울기 시작했다. 트롤 수장뿐만이 아니었다. 그 울음은 삽시간에 트롤 전체에게 번졌다. 나는 그런 트롤들의 반응에 놀라지 않으려고 애쓰면서, 인자한 미소를 지어 보이곤 이렇게 말해주었다.

"먹으라. 허하노라."

그러자 트롤들은 눈물을 음료 삼아 마른 빵을 먹기 시작했다. 그리고 그와 함께 우호도가 쭉쭉 올라가고 있었다.

매우 흡족하다!

『레전드급 낙오자』 4권에 계속…

이제부터 전자책은

이젠북

www.ezenbook.co.kr

 새로운 세계가 열린다!

김재한『성운을 먹는 자』　철백『대무사』
니콜로『마왕의 게임』　가프『궁극의 쉐프』
이경영 『그라니트:용들의 땅』　문용신『절대호위』
탁목조『일곱 번째 달의 무르무르』　천지무천『변혁 1990』
강성곤『메이저리거』　SOKIN『코더 이용호』

이름만 들어도 황홀할 정도의 별들의 향연!
이들의 "유료연재"가 시작됩니다!

검색창에 **이젠북**을 쳐보세요! ▼

초대형 24시 만화방

신간 100%, 샤워실, 흡연실, 수면실(침대석), 커플석, 세탁기 완비

■ 광명 광명사거리역점 ■

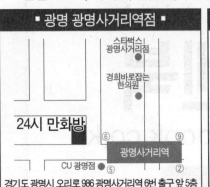

경기도 광명시 오리로 986 광명사거리역 6번 출구 앞 5층
02) 2625-9940 (솔목타워 5층)

■ 강북 노원역점 ■

서울 노원구 상계동 340-6 노원역 1번 출구 앞 3층
02) 951-8324 (화용빌딩 3층)

■ 일산 정발산역점 ■

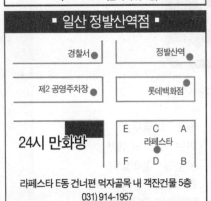

라페스타 E동 건너편 먹자골목 내 객잔건물 5층
031) 914-1957

■ 일산 화정역점 ■

경기도 고양시 덕양구 화정동 984번지 서일빌딩 7층
031) 979-4874 (서일사우나 건물 7층)

■ 부천 역곡역점 ■

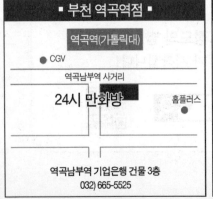

역곡남부역 기업은행 건물 3층
032) 665-5525

■ 부평역점 ■

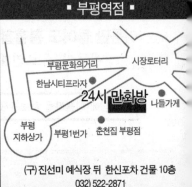

(구) 진선미 예식장 뒤 한신포차 건물 10층
032) 522-2871

FUSION FANTASTIC STORY

초인의 게임

니콜로 장편소설

지저 문명의 침략으로 멸망의 위기에 빠진 인류.
세계 최고의 초인 7명이 마침내 전쟁을 종식시켰으나
그들의 리더는 돌아오지 못했다.

그리고 17년 후.

"서문엽 씨!
기적적으로 생환하셨는데 기분이 어떠십니까?"

"…너희 때문에 X같다."

죽어서 신화가 된 영웅.
서문엽이 귀환했다.

FUSION FANTASTIC STORY

김재한 장편소설

헌터세계의 귀환자

2015년, 대재앙 퍼스트 카타스트로피에 의해
세상은 격변했다.

어느 날, 이상한 세계 '어비스'로 납치당한 서용우.
필사적인 싸움 끝에 지구로 돌아왔지만……

"…15년이 흘렀다고?"

그의 앞에 나타난 것은 변해 버린 지구였다!

끊임없이 쏟아져 나오는 몬스터와
이를 저지하기 위한 각성자들의 전투.
인류의 종말을 막기 위한
0세대 각성자의 이야기가 시작된다!

Book Publishing CHUNGEORAM

유행이 아닌 자유추구─
WWW.chungeoram.com

밥도둑
약선요리王_왕

가프 현대 판타지 소설

MODERN FANTASTIC STORY

유치원 편식 교정 요리사로 희망이 절벽인 삶을 살던
3류 출장 요리사.
압사 직전의 일상에 일대 행운이 찾아왔다.

[인류 운명 시스템으로부터 인생 반전 특별 수혜자로 당첨되었습니다.]
[운명 수정의 기회를 드립니다.]
[현자급 세 전생이 이룬 업적에서 권능을 부여합니다.]
—요리 시조의 전생으로부터 서른세 가지 신성수와 필살기 권능을 공유합니다.
—워주 대력숙수의 전생으로부터 식재료 선별과 뼈, 씨 제거법 권능을 공유합니다.
—조선 후기 명의의 전생으로부터 식치와 체질 리딩의 권능을 공유합니다.

동의보감 서른세 가지 신성수를 앞세워
요리의 역사를 다시 쓰는 약선요리왕.
천하진미인가, 천하명약인가? 치명적 클래스의 셰프가 왔다!

Book Publishing CHUNGEORAM

유행이 아닌 자유추구—
WWW.chungeoram.com

MODERN FANTASTIC STORY

강준현 현대 판타지 소설

주무르면 다고침!

희귀병을 고치는 마사지사가 있다?

트라우마를 겪은 후 내리막길을 걸어온 한두삼.
그는 모든 걸 포기하고 고향으로 향하게 된다.
그리고 그곳에서 특별한 능력을 얻게 되는데…….

"도대체 나한테 무슨 일이 생긴 거지?"

한두삼,
신비한 능력으로 인생이 뒤바뀌다!

Book Publishing CHUNGEORAM

유행이 아닌 자유추구 -
WWW.chungeoram.com